Moritz Schmidt

Sammlung kyprischer inschriften in epichorischer schrift

Antigonos

Moritz Schmidt

Sammlung kyprischer inschriften in epichorischer schrift

Unveränderter Nachdruck der Originalausgabe von 1876.

1. Auflage 2024 | ISBN: 978-3-38633-330-6

Antigonos Verlag ist ein Imprint der Outlook Verlagsgesellschaft mbH.

Verlag: Outlook Verlag GmbH, Zeilweg 44, 60439 Frankfurt, Deutschland, info@outlook-verlag.de
Vertretungsberechtigt: E. Roepke, Zeilweg 44, 60439 Frankfurt, Deutschland
Druck: Libri Plureos GmbH, Friedensallee 273, 22763 Hamburg, Deutschland

SAMMLUNG

KYPRISCHER INSCHRIFTEN

IN

EPICHORISCHER SCHRIFT.

HERAUSGEGEBEN

VON

MORIZ SCHMIDT,

PROFESSOR IN JENA.

JENA,
VERLAG VON HERMANN DUFFT.
1876.

VORWORT.

Die Sammlung kyprischer Inschriften in epichorischer Schrift, deren erstes Heft hiermit der Oeffentlichkeit übergeben wird, soll hoffentlich allen denjenigen willkommen sein, welche sich für die Geschichte der Schrift, Inschriftenwesen und Kunde der griechischen Dialekte näher interessiren. Der Plan dazu war bereits gefasst, als Theodor Bergk in der N. Jen. Lit.-Ztg. 1875 S. 469 und Ludolf Ahrens im Philol. XXXV S. 102 das Wünschenswerthe eines solchen Unternehmens anerkannten. Ueber die Anlage der Sammlung mag Folgendes zur Verständigung dienen.

I. Da die Inschriften von verschiedenen Forschern, an verschiedenen Fundorten im Süden und Westen der Insel zu Tage gefördert, und von verschiedenen Museen acquirirt wurden, erschien es wünschenswerth eine Anordnung zu treffen, welche gleichzeitig Finder und gegenwärtigen Aufbewahrungsplatz möglichst berücksichtigte, ohne doch ohne Noth Inschriften desselben Fundortes von einander zu trennen. Wir haben daher den im Louvre aufbewahrten Schatz, die Broncetafel von Idalion, zugleich das umfangreichste, best conservirte wie inhaltlich interessanteste, Denkmal dieser Art an die Spitze gestellt, und auf sie die von Hamilton R. Lang veranstaltete Sammlung (10) folgen lassen. Auf diese Weise war es möglich, sämmtliche auf dem Tempelgebiete von Idalion gefundene Inschriften, über welche H. Lang selbst in seinem Aufsatze Transactions of the society of biblical archaeology 1871 p. 116 Bericht erstattet hatte, ebenso zu einer Gruppe zu vereinigen, wie sie im Britischen Museum, in dessen Besitz sie mit Ausnahme der Inschrift von Pyla übergegangen sind, ihre besondere Abtheilung bilden. Zugleich konnte das Prachtstück dieser Sammlung, die kyprisch-phoenizische Bilingue, seit deren Auffindung die kyprische Lösung eigentlich erst einen wissenschaftlichen Charakter annahm, unmittelbar an die Broncetafel von Idalion angeschlossen, und die ganze Sammlung mit noch einigen weitern belangreichen Nummern stattlich eröffnet werden. Die Langschen Funde reichen bis Taf. VII 3 einschliesslich.

Mit Taf. X n. 2 beginnen die Mittheilungen über die inschriftlichen Funde (58) des unermüdlich thätigen Herrn Luigi Palma di Cesnola, Generalconsul der vereinigten Staaten in Larnaca. Sie stammen der Hauptmasse nach aus dem Boden von Golgoi (Athiénou), erst die neusten aus Curium Marion und Amathus, und sind bekanntlich mit Ausnahme der jüngsten Funde in das Metropolitan museum of art in New-York übergegangen.

8. Guide to the Cesnola Collection of antiquities from the island of Cyprus p. 21 Room E case n° 4. Herr Isaac H. Hall A. M. trustee of Rutgers female college hat das Verdienst, im Journal of the american oriental society vol. X 1875 auf 8 Blättern 8° siebenunddreissig Nummern dieser Sammlung gut veröffentlicht und S. 201—228 besprochen zu haben. Wir haben diese Inschriften so zum Abdruck gebracht, dass wir bis Taf. XVI n. 2 diejenige Reihenfolge der Nummern innegehalten haben, mit welchen sie im Cesnola Museum selbst bezeichnet sind, bis Taf. XVII n. 2 diejenigen veröffentlichen, welche zwar ebendort befindlich sind, aber bislang keine besondere Nummer empfangen haben, drittens bis Taf. XX n. 5 diejenigen aufführen, von welchen deutsche oder englische Gelehrte vor der Ueberführung der Sammlung Cesnola nach New-York Abklatsche oder Copien zu nehmen ermöglichten, endlich viertens bis Taf. XXI n. 10 Cesnola's neueste uns durch ihn selbst und Herrn Demetrius Pierides mitgetheilte Funde zur Anschauung bringen.

Zwischen diese beiden grössern Sammlungen haben wir von Taf. VII 4 — Taf. X 1 eine Reihe theils unedirter theils bereits veröffentlichter Inschriften eingeschoben, welche zu keiner geschlossenen Sammlung vereinigt sich entweder noch im Besitz ihrer Entdecker z. B. der Herrn Pierides und Dr. Paul Schroeder befinden, oder von einzelnen Museen Europa's, wie dem Louvre oder dem Museum der Irenenkirche zu Constantinepel erworben wurden. Dem Fundort nach gehören dieselben theils dem Nord- theils West- und Südrande der Insel an, und lassen sich daher nicht als eine feste Gruppe zusammenfassen: weisen wir indessen allen denjenigen, welche uns durch Schroeder und Pierides übermittelt wurden, ihren Platz, wie hier geschehen, hinter der Langschen Sammlung an, erreichen wir wenigstens so viel, dass die in der Nähe von Kittion (Larnaca) gefundenen Inschriften nicht an verschiedenen Stellen unseres Corpus gesucht zu werden brauchen, die wenigen alsdann noch übrig bleibenden aber in so fern als éine Gruppe betrachtet werden können, als sie nicht nur überwiegend den noch wenig ausgebeuteten Stätten Soli und Paphos (Kouklia) angehören, sondern auch den ältesten Stock im Laufe der Zeit durch M. de Vogüé und den duc de Luynes bekannt gewordener Inschriften in landesüblicher Schrift repräsentiren, deren räthselhafte Natur eben zu weiterer Vermehrung des Materials und energischen Entzifferungsversuchen reizte. Nur die grosse Bilingue-Inschrift von Soli, welche den Namen des Königs Stasikrates enthält, kam erst 1873 in

Larnaca zu Tage und in die glückliche Hand des Herrn D. Pierides, welcher sie in den Transactions of society of bibl. arch. selbst eingehend besprochen hat, ja erst ihre Zugehörigkeit nach Soli richtig erkannte.

Bekanntlich setzt Herr General Cesnola jetzt seine Nachgrabungen in der Richtung von Amathus nach Paphos fort; sollten dieselben durch eine bedeutende Vermehrung inschriftlichen Materials belohnt werden, so wird es keine besondern Schwierigkeiten haben, die vom Herrn Verleger beabsichtigte Fortsetzung dieser Publicationen durch eine zweckmässige Bezifferung der nachfolgenden Tafeln so einzurichten, dass dieselben allmählig zu einem wirklichen Corpus kyprischer Inschriften anwachsen, in welchem das topographische Princip nach Möglichkeit zur Geltung kommt.

II. Der vorliegende Fascikel umfasst 90 Inschriften. Es wäre vielleicht möglich gewesen, sie auf einem engeren Raume unterzubringen, wenn einmal bei denjenigen Inschriften, von welchen uns Papierabklatsche zu Gebote standen, auf Wiedergabe der Buchstaben in Originalgrösse, zum andern bei Inschriften unsicherer Lesung auf Mittheilung der verschiednen Varianten verzichtet worden wäre. Wir hoffen jedoch durch beide Veranstaltungen der Sache einen bessern Dienst erwiesen zu haben, als durch eine unweise, bei derartigen Unternehmungen gewöhnlich übel angebrachte Raumersparniss. Wer z. B. die Schwierigkeiten ermisst, welche die auf Taf. IV in Originalgrösse gegebne Inschrift des britischen Museums auch jetzt noch macht, wird einräumen, dass er angesichts des deutlichen Originalabdrucks mit einem grössern Gefühl von Sicherheit operirt, als er es nach

der unleugbar vortrefflichen Copie des Prof. Dr. C. Cappeller wagen würde. Ebenso kann die Inschrift von Pyla Taf. VI lehren, wie wünschenswerth mehrere Copien derselben Nummer sind, da die Abweichungen derselben Zweifel genug übrig lassen, obschon drei mit der Sache so wohl vertraute Männer, wie Hr. Hamilton Lang, Dr. P. Schroeder und D. Pierides sicher nach bestem Wissen und mit grösster Akribie verfahren sind.

Auch dass wir etwaige Falsificate nicht ausgeschlossen haben, wird man billigen müssen. Selbst der Falsarius war ja immerhin bemüht, die Schriftzüge so, wie sie ihm erschienen, wiederzugeben: und überdies dürfte die in der Veröffentlichung solcher Fabrikate liegende Warnung zur Vorsicht nicht zu unterschätzen sein. Das Misstrauen, welches Ahrens a. a. O. S. 93 noch in meine Angabe über Fälschungen zu setzen scheint, wird ihm wohl nach genauerer Einsicht von Taf. III 1ᶜ als völlig ungerechtfertigt erscheinen. Wer wollte sich aus der Fassung:

$$\sigma o . \nu\iota . o . \mu\iota . \epsilon . [-]$$
$$\sigma\iota . \nu o . \tau\iota . \rho\alpha . [-] \varkappa o . \rho o . \pi o . \varkappa\nu . \sigma\iota . \mu o . \tau\iota . \sigma\iota . \nu\alpha . o . \sigma\iota . \sigma\iota . \pi o$$
$$\iota . \mu o . o . [-] \delta\epsilon . \omega . \mu\iota . \varsigma . \sigma\iota . \pi\alpha . \tau\iota . \sigma\iota . \tau\alpha . [-] \sigma o . \iota . \tau\iota$$

noch zurecht finden, oder gar ahnden, dass der Falsarius von links nach rechts lesend und schreibend die Zeichen über seine drei Zeilen nach Belieben vertheilt hat?

Schliesslich bemerke ich, dass in Fällen, wo Isaac Hall's Facsimile und mein nach Schroeders guten Abklatschen genommener Abriss abweichen, mein Abklatsch absolut nichts erkennen liess, was Hall's Lesung bestätigte.

Jena, den 9. Mai 1876.

D. H.

ANMERKUNGEN ZU DEN TAFELN.

Taf. I. Die Bronce von Idalion (im Louvre), 1850 durch Mr. Paretié französisches Consul in Beirut an den Herzog von Luynes mitgetheilt, und durch letztern veröffentlicht in seinem Prachtwerke: numismatique et inscriptions Cypriotes Par. 1852. fol., wiederholt von E. M. Röth die Proclamation des Amasis Par. 1855. fol. und Mr. Isaac H. Hall, A. M. in den Proceedings of the University Convocation, held at Albany N. Y. July 6ᵗʰ 7ᵗʰ 8ᵗʰ 1875; Pl. IV. V. Sie wurde behandelt in gänzlich unwissenschaftlicher Weise von Röth a. a. O. und Adolf Helfferich die phönizisch-kyprische Lösung Frankf. a/M. 1869. 8., erfolgreicher von Dr. S. Birch on the reading of the bronce plate of Dali in den Transactions of the society of biblical archaeology vol. I. p. II (1873) S. 1—20, und Johann Brandis in den Monatsberichten der k. Acad. d. Wissensch. zu Berlin 1873 S. 643—671; am ausgiebigsten von M. Schmidt im Nachtr. zu Artik. 85 der neuen Jenaer Liter.-Ztg. und dem Schriftchen die Inschrift von Idalion und das kyprische Syllabar, eine epigraphische Studie, Jena 1874. 8. und von Wilh. Deecke und Justus Sigismund in Ge. Curtius Studien zur griech. und latein. Grammatik VII S. 219—264 Lps. 1875; woran sich die Arbeiten von Ludolf Ahrens im Philol. Bd. XXXV S. 28—74 und Theodor Bergk in der N. Jen. Lit.-Ztg. 1875 II S. 463—469 anlehnen. Bei den übrigen Inschriften wird ein einfacher Hinweis auf den Aufsatz von

Ahrens genügen, da derselbe allemal auf seine Vorgänger zurückverwiesen hat. In die gewöhnlichen Schriftzeichen übertragen lautet die Tafel von Idalion etwa folgendermaszen:

Z. 1. ὅτι τὰ πτόλιν Ἠδαλίων κατένοργον Μᾶδοι κὰς Κιτιένες, ἰ τοῖ Φιλακέπρων νέτει τῶ Ὀνασαγό- 2. ραυ, βασιλεὺς Στασίκυπρος κὰς ἁ πτόλις Ἠδαλιένες ἄνωγον Ὀνάσιλον τὸν Ὀνασικύ- 3. ρων τὸν ἰατῆραν κὰς τὸς κασιγνήτος ἰᾶσθαι τὸς ἀ θρώπος τὸς ἰ τᾶι μάχαι ἰκε- 4. μαμένος ἄνευ μισθῶν. κὰς ται εὐρεξάσατυ βασιλεὺς κὰς ἁ πτόλις Ὀνασί- 5. λω κὰς τοῖς κασιγνήτοις ἀτι τῶ μισθῶν κὰ ἀτι τᾶ ἰχήρων δονέναι ἐϋ τοῖ 6. νοίκοι τοῖ βασιλέϝος κὰς ἐϋ τᾶι πτόλιϝι ἀργύρω τα.Ι.τα. ἦ δύναοιε ἀτι τῶ 7. ἀργύρων τώδε τῶ ταλάντων βασιλεὺς κὰς ἁ πτόλις Ὀνασίλω κὰς τοῖς κασι- 8. γνήτοις ἀπὺ τᾶι ζᾶι τᾶι βασιλέϝος τᾶι τοῖ φωνὶ τοῖ Ἀλα πρείται τὸ χῶρον 9. τὸν ἰ τοῖ Ϝλει, τὸ χροϝόμενον Ἰδματος ἀλάϝω, κὰς τὰ τρέχνια τὰ ἐπιόϝτα 10. πάντα ἔχεν πανώνιον ϝναις ζᾶν ἀτελίϝ. ἦ κέ σις Ὀνάσιλον ἦ τὸς 11. κασιγνήτος ἦ τὸς παῖδας τῶ παίδων τῶν Ὀνασικύ- πρων ἐϋ τῶ χώροι τοῖδε 12. ἐϋ ὀρύξῃ, ἴτε παι ὃ ἐϋ ὀρύξῃ, πείσει Ὀνασίλω κὰς τοῖς κασιγνήτοι 13. σ.ἦ τοῖς παισὶ τὸν ἄργυρον τόδε, ἀργύρω τα.Ι.τα. 14. κὰς Ὀνασίλω οἴϝαι ἄνευ τῶ κασιγνήτων τῶν αἴλων ἐνερεξάσατυ βασιλεὺ 15. σ κὰς ἁ πτόλις δονέναι ἀτι τᾶ ἰχήρων τῶ μισθῶν ἀργύρω πε.||||πε. 16. ||τι.ἰ.ἦ δωκοιε βασιλεὺς κὰς ἁ πτόλις Ὀνασί- Β. 17. λω

ἀτὶ τῶ ἀργύρω τάδε ἀπὺ τᾶι ζοῖ ταῖ βασιλέϝος ταῖ Μαλαϝιά-
18. ι τᾶι πεδίαι τὸ χῶρον τὸ χραν [?] μενον Ἀμιχία ἀλαϝῶ κὰς
τὰ τρέ- 19. χϝια τὰ ἐπιόντα πάντα τὸ ποεχόμενον πὸς Θϝη-
νο τὸ Δρυμίον κὰς πὸ 20. ς τὰν ἱερήϝιαν τὰς Ἀθάνας, κὰς
τὸ κᾶπον τὸν ἰ Σιμιδος ἀρούρα- 21. ι, τὸ Ἀινεϊθεμις ὁ Ἀρ-
μάναις ἴχε ἀλοϝό, τὸ ποεχόμενον πὸς Πασαγόρα- 22. ν τὸν
Ὀνασαγόραν, κὰς τὰ τρέχϝια τὸ ἐπιόντα πάντα ἴχεν παντοϝίος ϝ-
23. ναις ζᾶν ἀτελία ἰόϝα . ἤ κέ σις Ὀνάσιλον ἤ τὸς παῖδας τὸς
Ὀ- 24. νασίλων ἰὼ τᾶι ζᾶι ταῖδε ἵ ἰϝ τοὶ κάποι ταῖδε ἰϝ
ὀρύχη, ἰ- 25. κε 3 ἰϝ ὀρύϝη, πείσαι Ὀνασίλοι ἤ τοῖς παισὶ τὸν
ἄργυρον τόδε, ἀργύρω- 26. ν πε . |||| πε χ̣ει . ἤ . ἰδὲ τὰ δάλτον
τάδε τὰ ϝέπια τά τε ἰϝαλαλισμένα 27. βασιλεὺς κὰς ἁ πτόλις
κατέθιαν ἰ τὰ θιῶ τὰν Ἀθάναν τὰν περ Ἠδά- 28. λιον ϝὸν
ὅρκαις μὴ λῦσαι τὰς νϝήτας τάσδε ϝναις ζᾶν. 29. ὃ ϝίσι κε
τὰς νϝήτας τάσδε λύσῃ, ἀνοσία οἱ γένοιτυ . τάς γε 30. ζᾶς τάσδε
κὰς τὸς κάπος τόσδε οἱ Ὀνασικύπρων παῖδες κὰς τὸ παίδων
οἱ πα- 31. ῖδες ἕχσοσι αἰϝεί, οἳ τᾶι ϝροϊ τοῖ Ἠδαλίϝι ἴωσι.

Sammlung Hamilton R. Lang.

Taf. II. Die phönizisch-kyprische Bilingue von Idalion auf
Marmor, veröffentlicht in den Transactions of the society of biblical archaeology vol. I. p. I. Julius Euting sechs phönizische
Inschriften aus Idalion Strassb. 1875. rec. von Bernh. Stade
NJLZ. II S. 372, Isaac H. Hall a. a. O. Pl. III, behandelt von
Ahrens a. a. O. S. 74—81. Der kyprische Theil lautet:
. . . . βασιλέϝος Μιλκιάθωνος Κετίων κὰ Ἠδαλίων
βασιλεύ[οντος] [ϝέτει |||| ἐπαγο]μενᾶν τῶ πελαμέρων κινοσιάτας
τὸν ἀδριάταν τόδε κατέστασε ὁ [Βασιλραμος] ὁ Ἀβδιμίλκων τῶ
νάϝαϭ
Ἀπλῶν τῶ Ἀμυκλοῖ, ἀφ' οἳ ϝοι τᾶς εὐχωλᾶς [ἐ]πέτυχε . ἰ τύχαι ἀγαθαῖ.

Die Ergänzung ἐπαγομενᾶν theilte mir Dr. Blau am 19ten
April v. J. brieflich mit, unter Verweisung auf Brugsch ZDMG.
VI 258: bei Abfassung der o. a. Schrift war mir leider diese
Mittheilung aus dem Gedächtniss gekommen. Am Schluss er-
gänzt Ahrens εὐχωλῶς [αἶϝον τέλος ἐ]πίδωκε, letzteres = ἐπί-
δωκε: die Ergänzung ist schon darum völlig unzulässig, weil am
Anfang der vierten Zeile höchstens zwei Buchstaben fehlen.
Ebenso unmöglich ist Μιλκιάθωνος, weil nur nach wirklich ge-
sprochnem Jota α durch Ϙ bezeichnet wurde.

Taf. III 1ᵃ. Inschrift von Drimou, aufbewahrt im britischen
Museum, gegeben in Originalgrösse nach einem Papierabklatsch
von Dr. S. Birch. 1ᵇ. Dieselbe nach einer Abschrift des Herrn
Prof. Cappeller. Eine Copie des Herrn Lang erschien mir nicht
exact genug, um hier wiedergegeben zu werden. 1ᶜ. Dieselbe,
aber gefälscht; von Dr. P. Schroeder angekauft im März 1873
in Baffo (Ktima, Neupaphos); er hat die Fälschung kurz dar-
nach erkannt. Die erste Mittheilung erfolgte durch Moriz Schmidt
die Inschrift von Idalion 1874. Ahrens behandelte sie a. a. O.
S. 99—102 unter nr. XXI. Er liest
2. 1. 2: ὅδε νάϝασα] Κέπρω Κώρα Δινὸς ἠμί'. Ἰολάϝω
ἔστασο' ‿‿‿] ὅδε, ὁμοῦ πάσις Ὀϝαστένμος
3: . . . . ἠμί.
und bekennt, dass er mit der dritten Zeile nichts anzufangen
wisse: τι . ι . σο . ϝι . τα . σε . τι . πα . σε . η . μι . Seine Ansicht,

die andere Hälfte möge auf einem andern Steine gestanden haben, und verloren sein, ist um so wahrscheinlicher, als Herr Lang
von dieser Inschrift behauptet, sie sei perfect. „The style of
this inscription is peculiar; the letter ↦ is written ↤." HRI.

2. Inschrift von Dali, gefunden bei Ausgrabung eines Tem-
pels. Ich habe die Copie von Herrn Hamilton Lang empfangen
und die erste Nachricht darüber in der NJLZ. 1874 S. 496 gegeben. Das erste Zeichen ist zerstört: das übrige zu lesen:
-τλάντός ἠμι. Denn das dritte Zeichen kann nur ein ζ für
κ gewesen sein.

Taf. IV. Inschrift von Salamiou in der Nachbarschaft von
Paphos, ganz archaische Charaktere. Wir geben dieselbe nach
einem Papierabklatsch von Dr. Birch und nach einer Abschrift
resp. Zeichnung des Dr. Cappeller.

Taf. V. Inschrift von Drimou, gefunden 1870, behandelt
von Ahrens a. a. O. S. 85. n. X.
1ᵃ gibt dieselbe nach einem von Dr. S. Birch besorgten
trefflichen papercast. 1ᵇ nach einer von Jo. Brandis genommenen Abschrift, 1ᶜ nach einer Abschrift des Prof. Dr. Cappeller,
welche treuer ist als die Brandis'sche. 1ᵈ die Veröffentlichung
der Pandora 1869 Bd. XX. n. 473, 1 Decemb. Beginnen wir die
Lesung dieser drei Zeilen aus der Mitte der zweiten Zeile her-
aus nach links und setzen sie in der ersten Zeile ebenso von
links nach rechts fort, beginnen dann wieder die Lesung mit
der dritten Zeile und schliessen daran den Anfang von Z. 2, so
gewinnen wir die in Rede stehende Inschrift wieder. Sie lautet:
ταῖ θεοῖ τῶ Ὑλάται Ὀνασίνοικος ὁ Στασινοι-
κων κατέστασε εὐχωλᾶ . ἰ τύχαι.

Taf. VI. Inschrift von Drimou, gefunden von Lang; besprochen von Ahrens S. 93 n. XVIII.
1ᵃ gibt die Copie von Lang, da ein Papierabdruck vom
britischen Museum nicht einging.
1ᵇ dieselbe Inschrift, aber ein Falsificat, welches Dr. P.
Schroeder im März 1873 in Baffo (Ktima, Neupaphos) angekauft
hat. Lesen wir die zweite Zeile von links nach rechts zuerst,
dann ebenso die erste Zeile, wird die einzeilige Inschrift wieder-
gewonnen.
1ᶜ Mittheilung durch die Pandora 1869 Bd. XX n. 473, 2
Dec. Auch hier haben wir die zweite Zeile von links nach rechts
vor der ersten zu lesen. Die Inschrift lautet:
ταῖ Ὑλάται κατέστασε εὐ τύχαι Ἀριστόφαντο[ς] ὁ Ἀρισταγόρου.
Lang bemerkt ausdrücklich: the formation of letter ↦ is peculiar in this inscription (es ist ähnlich dem ↦ auf dem basrelief des naked archer ✝ ⊢) this inscription is not pointed.
Ahrens bekämpft meine Vermuthung, dass Ϝ Ι für Ϝ Ι zu lesen
sei, und liest Ἀριστόφατο ὁ; wenn man aber 'emiolao' für ἠμι'·
Ἰολάϝω schreiben konnte, musste man auch "aristophatoso für
Ἀριστόφαντος ὁ schreiben können.

Taf. VI. 2. Inschrift von Pyla, gefunden von Lang 1873 in
der Nähe von Larnaca und noch jetzt dort befindlich; das Ma-
terial verwitterter Sandstein. Da ein Abklatsch gänzlich un-
ausführbar war, hatte Herr Dr. P. Schroeder die Güte, eine Copie

zu schicken (2ᵃ), welche auch die Form des Altars zeigt. Wegen der rothen Färbung der Buchstaben vgl. Taf. VII 7. Später schickte Herr H. Lang seine eigne Copie (2ᵇ), welche indess in so erheblichen Punkten von der Schroederschen abwich, dass eine neue unerlässlich schien. Eine solche sendete denn auch (2ᶜ) Herr Demetrius Pierides mit folgenden Bemerkungen: „L'inscription est horriblement fruste et la nature de la pierre ne se prête ni au moulage ni aux autres moyens de restauration on usage. Lin. 1 l. 5. méconnaissable; parait être effacée exprès; une barre horizontale est visible en haut. Lin. 1 l. 6. impossible à définir. L. 2, 7 très fruste, mais selon les apparences ri. L. 4, 2 caractère petit en proportion avec les autres. L. 4, 5 peu distincts. — Da Ahrens a. a. O. S. 88 n. XIV nur die erste Copie zu Gebote stand, las er nothwendig das Ganze unrichtig, wie folgt: Τίλγαο Να . . | α . τα απ' ὀ(μ)φᾶν | τῶ Μαγιρίω(ι) . . | ἀνέθηκε . ϗ τύχᾳ . Nach der Copie von Pierides ist zu lesen: Τίλγαο | μαλατα Ἀπλῶνι | τῶ Μαγιρίω | ἀνέθηκε ϗ τύχᾳ .

Taf. VII 1. Silberne Schöpfkelle von Lang in Idalion gefunden. Sie ist von M. de Vogüé im Journal asiatique und in den Transactions of the society of bibl. arch. I 1 p. 116 abgebildet; 179 millimeter lang. Besprochen von Ahrens a. a. O. S. 82 u. 83 n. IV. Lies: Ἀμῆς κατέθη ι ται θιοῖ ται Γολγίαι. Das α ist hier nach dem Jota nicht durch ein abweichendes Zeichen ausgedrückt, sondern ein ✳.

2. Inschrift von Idalion; gegeben bei Luynes und Vogüé; behandelt von Ahrens S. 81. 82. Legende: τᾶ Ἐθάνα τᾶι Ἠδαλιοῖ Παϙρα — oder, mit Ahrens τᾶ Ἠιάνα. Der Strich am Schluss scheint auf Abbreviatur des Eigennamens (Παγκράτης?) zu deuten.

3. Inschrift von Drimou, aufgefunden in zwei Stücken von Lang, welcher die Güte hatte, sie für mich zu copiren, da das britische Museum keinen Abdruck hatte machen können. Ich habe mich auf dieselbe schon in der NJLZ. 1874 S. 496 bezogen: sie lautet: Θεοδώρων τῶ Θεοτί(μω) ἐμί.

Inschriften verschiedener Sammlungen.

Taf. VII 4. Inschrift in Kitiou, von D. Pierides, Secretair der banque Ottomane in Larnaca, gefunden; abschriftlich durch Lang empfangen. Legende Κιτι, was wohl zu Κιτίον zu ergänzen ist, und Fabrikstempel war.

5. Inschrift, deren Fundort wahrscheinlich Drimou war. Wir geben an erster Stelle (5ᵃ) von dieser zu Constantinopel im Museum der Irenenkirche im alten Serailhof befindlichen Inschrift eine Copie des Hrn. Dr. Mordtmann, welche uns durch Vermittlung des Hrn. Dr. Schroeder zukam; an zweiter Stelle (5ᵇ) die Mittheilung der Pandora 1869 Bd. XX n. 473, 3 Dec., welche im Anfang einige Zeichen mehr aufweist. Ein in Aussicht gestellter Papierabdruck blieb bis jetzt aus. Die Lesung scheint zu sein: Τίλγαος τῶ Μαράκω ἐμί.

6. Unbekannten Fundorts, aber gleichfalls in dem Museum der Irenenkirche zu Constantinopel aufbewahrt. Gegeben nach einer Copie des Hrn. Dr. Schroeder. Sie hat die grösste Aehnlichkeit mit Hall I 2 (Cesnola mus. n. 536), ohne jedoch identisch zu sein. Lesbar ist nur: ri . μο . . . . ι . ri . μο . νο .

7. Inschrift von Tochni am Vasilikopotamo zwischen Kition und Amathus; wurde im März 1873 von Dr. Schroeder, dem wir die Copie verdanken, entdeckt. Die Buchstaben sind roth gefärbt, wie Taf. VI. 2ᵃ. Die Charaktere sind doch wohl kyprisch, eine Entzifferung hat noch nicht gelingen wollen.

Taf. VIII 1. Inschrift von Soli; 1873 von D. Pierides in Citium (Larnaca) gekauft. Eine Bilingue, nach gutem Papierabdruck gegeben. Sie ist von ihrem Besitzer in den Transactions of soc. of bibl. arch. vortrefflich behandelt, und ihr Zusammenhang mit der nachfolgenden Inschrift richtig erkannt worden. Der Dialekt ist, wie ἀνέθηκε zeigt, nicht mehr ganz rein. Der griechische Text lautet: Στασικράτ[ης ὁ βασιλ]έως [Στασία τ]ῇ Ἀθηνᾷ ἀνέθηκε τύχῃ ἀγαθῇ; der kyprische ὁ Σόλων βασιλεύς Στασικράτης ὁ βασιλέος Στασίω τᾶ Ἀθάνα ἀνέθηκε ι τύχα.

2. Inschrift von Soli auf schwarzem Marmor von ausgezeichneter Schönheit und gesuchter Eleganz der Buchstaben; gefunden von Grasset und Duthoit, jetzt in Besitz des Louvre. Vgl. Vogüé Journal asiatique six. série T. XI (Par. 1868) P. IV n° 8. Sie ist behandelt von Ahrens a. a. O. S. 85 und Pierides. Die Lesung ist ὁ νάναξ Στασίας | Στασικράτεος In einer andern Inschrift werden wir der Form Ἀριστοκρέτεος begegnen.

3ᵃ. Inschrift von Altpaphos, der älteste Fund aus dem Jahre 1851. Unsre Copie stammt von Neigebaur, und wurde von Ludw. Ross an Em. Rödiger, von diesem an Dr. O. Blau (deutsche M. G. 1852 T. VI p. 526) abgetreten, der sie mir überliess. S. Ed. Gerhard Denkm. und Forschungen Apr. 1851 n. 28 S. 322. Die Copien von Hammer (Ansichten S. 154 n. 69) und Pierides bei Luynes sind jetzt werthlos. Sie ist nebst den folgenden zwei Stücken von Ahrens l. c. S. 89—91 n. XV. XVI behandelt. Ich lese:

Τιμοχάρινος βασιλέϝος, τᾶς νανάϝος τῶ ἱαρέος . . .

3ᵇᶜ. Inschriftstücke desselben Fundorts und Schriftcharakters. Vogüé a. a. O. Pl. III 2 b. c Ahrens a. a. O. Sie lauten: β) βασιλέος Ἐχετίμων, τῶ ἱαρέος γ) τᾶ νανάϝος. Wenn hiernach τᾶ sein genetivisches σ abstreifen konnte, könnten auch auf der Broncetafel von Dali τᾶ ἰχίρων und τᾶ δύλτων, namentlich das letzte Singulare sein.

4. Inschrift von Neupaphos ἀλωνία τοῦ ἐπισκόπου, in welcher der Steinschaden früher als die Arbeit des Steinmetzen ist: sonst ist sie sorgfältig ausgeführt und sind die Buchstaben roth gefärbt. Vogüé l. c. Pl. IV n. 6 sagt, sie stehe an dessus de l'entrée du tombeau. Allein ihr Inhalt zeigt, dass es keine Grabschrift ist: der lesbare Theil lautet:

Θα - νας ὁ Ἀ - - ος ὁ μεγακινε - ς
πᾶσιν τὸ σπέος το . . . .
κάς κατεσκεύασε . Ἀ . . . . . ρε (oder ri)
Ὑλάτα . ἱ τύχαι .

5. Ebenfalls Inschrift von Neupaphos, ἀλωνία τοῦ ἐπισκόπου, sculptée sous le portique du tombeau, wie Vogüé zu Pl. IV 7 sagt. Es gilt jedoch von ihr dasselbe, wie von der vorigen Inschrift, mit der sie sich beinahe vollständig deckt. Von beiden besitzt der Louvre Gypsabgüsse.

Θα - νας ὁ Ἀ - - ος . ὁ μεγακινε - ς ἐπίπασιν
τὸ σπέος τόδε ἔχρησι - - τα - Ὑλάτα.

Das τα in Z. 2 ist wohl kein ⊦, sondern ✛ (λο), so dass einfach Ἀπλῶνι zu lesen ist. In beiden Inschriften wird πᾶσιν und ἐπίπασιν für κτίσιν und ἐπίκτισιν zu fassen sein. Die Grotte wird dem Apoll von Hylae als Besitz, als neue Acquisition zugeschrieben. Mit Ahrens' Herstellung der Namen und der Ergänzung vermag ich mich nicht zu befreunden.

6. Inschrift von Neupaphos, à coté de l'escalier qui mène à un hypogée du groupe d'Ἑλληνικά, wie Vogüé zu Pl. IV n. 5 sagt. S. Ahrens a. a. O. S. 91 n. XVII.

ὁ ἱαρὴς τᾶς νανάθας
- μα - ροσι το - νινα ι -χαι

im Anfang der zweiten Zeile, deren Schluss wohl ι τίχαι gewesen sein kann, erblicke ich nicht sowohl einen Eigennamen, wie ein Verbum mit seinem Objekt.

Taf. IX 1. Inschrift von Amathus nach einer Copie des Herrn Consularagenten Vondiziano. Die ersten drei Zeilen waren mit Dinte geschrieben, die letzten zwei ohne nähere Angabe weshalb mit der Bleifeder. Es ist dieselbe Inschrift, welche 1ᵇ nach Vogüé gegeben ist; hier fehlen seltsamer Weise eben diese letzten zwei Zeilen. Eine Entzifferung ist unmöglich.

2ᵃ 2ᵇ ebenfalls aus Amathus stammendes Bruchstück, jenes nach Vogüé, dies nach Copie des Herrn Vondiziano. Von rechts nach links gelesen heissen die Zeichen: σο.το.ε.πυ oder ρο.

3. Inschrift mitgetheilt von Zotenberg Journal asiatique six. sér. T. XI Par. 1868 Pl. II n. XIV. Sie ist vielleicht retrograde zu lesen, so dass der Schluss gewesen wäre: μο(ς) Ἀ[θα]ναι.

4. Erste durch den Druck veröffentlichte kyprische Inschrift der tab. Isiac. in Turin. S. Ath. Kircher prodrom. Copt. und Luynes numismatique:

κα. σα
κο. ja

5. Vogüé a. a. O. Pl. III n. 9.

6. Scarabaeus cyrenaicus bei Luynes. Die sicher zu erkennenden Zeichen der einen Zeile sind πν.ρυ.τι.το.ρο (?)

7. Zu Taf. VI 2 a. h. gehöriger Nachtrag; die Lang'sche Inschrift von Pyla, nach Copie und genaueren Mittheilungen des Herrn D. Pierides. Ob das Kreuzchen nach ✗ in Z. 4 ein Steinschaden oder Interpunktion ist, konnte P. nicht mehr gewiss entscheiden.

8. Stein aus Cyrenaica. Ob aber kyprische Schrift hier anzuerkennen ist, wie Dr. Blau meint, ist noch nicht ausgemacht. Doch verrathen die Schriftzüge eine gewisse Aehnlichkeit mit der Inschrift auf einer Lampe der Sammlung Cesnola, welche Hall Pl. IV 19 gegeben hat.

Taf. X 1. Hamilton Lang coins discovered in Cyprus n. 23, 7. Legende Εὐαλθοντος.

Sammlung Cesnola
im metropolitan museum of art, New-York.

2. Catalog von New-York 237, facsimilirt von Isaac H. Hall Pl. II 7 und von Brandis n. 38 copirt.

3. Ebenda n. 238, ein zerbrochner Discus mit Inschrift. Hall Pl. V 22.

4. Ebenda n. 240 (Hall Pl. VII 29). Rechts Basrelief, links abgebrochen; Höhe des Steins 11 Cm., grösste Breite 20 Cm.

Unsere Tafel gibt unter a) die Inschrift nach einem Abklatsch, den Herr Dr. Schroeder schickte; b) eine Copie von Dr. Birch n. 8; c) eine Revision von Jo. Brandis n. 8. Ahrens bespricht sie a. a. O. S. 84. 85. So sicher lesbar die Zeichen sind, nämlich το.τι.ο.σε.το.νο.ι | νο.α.ι.σα | ε.τι. Punkt. Zahlzeichen, so unklar ist noch die Deutung.

Taf. XI 1. Ebenda n. 241 (Hall Pl. VI 26). Reliefinschrift ο.πα. Diese zwei Buchstaben stehen über dem Krater in der untersten Darstellung rechts. Auch Birch hat sie so copirt, und das ganze Relief ist bei Doell *die Sammlung Cesnola* Petersb. 1873 T. XI 5 n. 766 zu p. 49 abgebildet.

2. Ebenda n. 242 (Hall Pl. VI 13). Inschrift auf einem Relief, welches von Doell a. a. O. T. XI 3 n. 764 zu p. 48 beschrieben ist; Höhe des Steins nach Schroeder, welchem wir den Abklatsch verdanken, 32 Cm. Breite (nach Doell 0,14): Länge der Inschrift 33 Cm., Höhe 8 Cm. Herr Hall bemerkt p. 209 the most important of the Cesnola inscriptions and ranking next to the bilinguals and the bronze tablet. The characters are all entirely legible, except two in the second line, which I cannot yet make out. Derselbe leugnet dort meine Behauptung, dass in der Inschrift Verse steckten, weil Z. 4 nicht mit χαῖρε, sondern mit χαίρετε schliesse. Ich glaube trotzdem Recht zu haben. Beide χαίρετε sind aus dem Metro abzulösen, jenes als Gruss an die Leser, dieses als Abschied von denselben; und in jeder der vier Zeilen wird ein selbstständiger versificirter Spruch zu suchen sein. Die Vertretung des β durch μ, welche in dem Worte κιμερανται der vierten Zeile, d. i. κιμερανᾷ stattfindet, habe ich bereits in Kuhn's Ztschr. f. vgl. Spr. IX S. 367 besprochen. Die Zeichen besagen:

χαίρετε] κα.ρα.σι.τι | να.να.σιε | κα.πο.τι | νε.πο.με.γα. μξ.πω.δε.νε.ι.ση.σε.θε.ο.ι.σε.πν.-[α.θα]να.το. ι.σε.ι.ρε.ρα.με.να.πα.τα.κο.ρα.-.τω.σε.ο.νο.γα. ρε.τι.ε.πι.σι.τα.τε.σε.ἀ.θο.ρια.πω.θε.ο.ι.α.λη. τυ.χα.κη.ρε.θε.ο.ι (θε?) κυ.με.ρε.να.ι.πα.τα.τα. ἀ.θο.ρω.πω.ι.πο.ρο.πο.[ο.ι.χαίρετε.

Z. 3. vielleicht ὄνο (= οἱ) γὰρ ἐντι ἐπιστάντες ἀνθρώπω θεοί, ἀλλ' ᾗ τύχα κίρ. Auch in den gesperrten Worten klingt iambischer Rhythmus deutlich durch – – – ◡ – ‖ – – – ◡ – –

3. Ebenda n. 247 (Hall Pl. I 1). Reliefinschrift im Venustempel, doch Relief und Inschrift sehr verwischt. Länge des Reliefs 28 Cm., Höhe 19 Cm. a) Schroedersche Mittheilung, doch nicht nach Abklatsch. b) Copie von Doell T. XI 1 n. 765 zu S. 48. c) Copie von Birch. d) Revision von Brandis.

4. Ebenda n. 249 (Hall Pl. II 9). Höhe 20 Cm., Breite 31 Cm., Dicke 1—2 Cm. Wir geben die Inschrift nach einem Abklatsch von Schroeder, der übrigens genau mit Hall stimmt. b) Doell T. XI 2 n. 767 S. 49. c) Brandis n. 7. d) Birch 7. Sie ist von Ahrens a. a. O. S. 86 behandelt und lautet: Διαίθεμι. τοῖ θεῶ | τῶ Ἀπλῶνι ὀνέθηκε | ῦ τύχα. Das ῦ für σύν, wie in ἔγγεμος· σιλλαθῇ bei Hesych, und ἱειχσάμενος.

Taf. XII 1. Ebenda n. 252 (Hall Pl. VI 23). Relieffragment von 7 Cm. Höhe, 14 Cm. Breite, die Inschrift ist 5 Cm. hoch, 18 Cm. lang; wir geben sie nach einem von Dr. Schroeder gegebenen Papierabdruck, der uns besser zu sein scheint als

Hall's Darstellung. Das Relief stellt den nach links gewendeten Oberkörper eines bärtigen Mannes mit gesenkten Armen vor, den linken Arm umhüllte ein faltiges Gewand von rother Farbe. Die Inschrift ist besprochen von Ahrens a. a. O. S. 88. b) gibt die Copie von Brandis n. 9, c) von Birch, d) von Doell n. 769 S. 50. Die Lesung ist: Ὀνασίωρο . Ἀ . . . | ἀνέϑηκε τοῖ ϑι . . | τῶ Ἀπλῶνι.

2. Ebenda n. 253 (Hall Pl. II b). Terracotte; auf dem Obre Buchstaben: το . πο . το . ε . [?], wozu Hall bemerkt: 'it may be τῶ Ποϑόη. Schwerlich. b) Copie von Brandis.

3. Ebenda n. 257 (Hall Pl. IV 18). b) Birch n. 20 scheint nicht davon verschieden. Hall bemerkt dazu: it seems almost impossible to form a good reading (e ✳ se ✳ ✳ ✳ to . e . ✳ te). Perhaps the inscription was somewhat longer originally.

4. Ebenda n. 258 (Hall Pl. VI 27). Sie ist identisch mit Doell n. 780 (b), der den Block und die Reliefdarstellung S. 52 beschreibt, und steht am obern Rande des Blocks. Hall vermuthet, dass eine Zeile oben weggebrochen sei, dagegen bezeichnet Doell das Erhaltene als den Anfang. Hall's Bemerkung über die Lesung lautet: The reading is: a . ti . pa . mo . o . ta . o . pa . . It is rather too fragmentary to transliterate with certainty. Das Wahrscheinlichste ist: Ἀ(ν) . τί . φα . μο . ὅ .

5. Ebenda n. 260 (Hall Pl. VI 5). Die Inschrift ist zuerst durch Hall bekannt gemacht worden, und wird von ihm richtig zu [Ἀ]πο . λω . π . ϑι . [ώ] ergänzt, wenn man nicht mit Ahrens [Ἀ] . πλῶνι ϑε(ῷ) vorzieht.

Taf. XIII n. 1. Ebenda n. 262 (Hall Pl. V 21). b) Copie von Brandis n. 5. c) von Birch. Hall sagt dazu p. 212: the reading is difficult; but I feel that the following is correct: (1) na . pa . sa . re . se . i . ka . e (or a?) (2) to . i . ta (or pi) ra . | po . te . we . o . i .

2. Ebenda n. 263 (Hall Pl. III 12, dessen Darstellung sich vollständig mit Brandis n. 15 deckt): aus der einzeiligen Inschrift (b) von Birch 15 war weder Form der Schriftzüge, noch die Anordnung ersichtlich.

3. Ebenda n. 267 (Hall Pl. VI 25) „little terracotta disk from the temple of Venus at Golgoi." b) Copie von S. Birch n. 32. Legende: πα . σα . σι . ω
: |||| :

4. Ebenda n. 268 (Hall Pl. V 20). b) Copie von Birch n. 10. Von rechts nach links gelesen α . ρα . α . να . ο

Taf. XIV n. 1. Ebenda n. 271 (Hall Pl. III 11). Fünfzeilige Inschrift zur Rechten einer Reliefdarstellung (Schlange und Delphin), aber fast verwischt. b) Copie von Doell T. XI 7 n. 775 zu p. 51. c) Copie von R. Weil. d) von Birch n. 14. e) von Brandis n. 14.

2. Ebenda n. 279 (Hall Pl. IV 15); Höhe 12 Cm., Breite 19 Cm. Mit a stimmt ein von Herrn Dr. Schroeder n. 12 empfangener Abklatsch. c) Copie von Brandis.

3. Ebenda n. 321 (Hall Pl. II 8) „the inscription is exceedingly obscure." Sie war auch von Birch als n. 23 gegeben.

Taf. XV enthält zunächst zwei Nachträge zu Taf. XIV 2 und 3, nämlich Schroeder n. 12 und Birch n. 23.

Sodann n. 1. Cesnola n. 530 (Hall Pl. I 4). Inschrift auf einem glatt behauenen Kalkstein von 25 Cm. Länge, 20 Höhe, 10 Dicke, auf welchem die Buchstaben so leicht eingeritzt sind, dass sie sich von den Unebenheiten des Steins schwer unterscheiden. 1ᵇ giebt dieselbe verkleinert nach einem von Dr. Schroeder empfangenen Abklatsche, so weit ich denselben zu erkennen im Stande war. 1ᶜ zeigt genau die Originalgrösse der rechts stehenden griechischen Schriftzeichen, welche Brandis und Hall p. 207 Θεμιον lesen, aber ebenso gut als Θεμιν gefasst werden können. Von den 3 Zeilen kyprischer Schrift, welche links stehen, will Hall a. a. O. die beiden ersten καττερω ϑιω | ϑιω lesen. Es stehen aber noch andre Möglichkeiten offen, je nachdem wir von rechts oder links her lesen; z. B. Νεάνϑη(ς) 'Ρόδιο(ς) oder . . . ϑεάν. Ob übrigens das dritte Zeichen ρό bedeutet, ist noch gar nicht sicher.

n. 2. Cesnola n. 286 (Hall Pl. IV 14). Steinsessel in cubischer Form. Ueber einem vertieften Quadrat drei kypriotische Buchstaben, deren Originalgrösse nach einem von Schroeder genommenen Abklatsch gegeben ist. Das erste Zeichen rechts ist unbekannt, das zweite kein sichres ζα.

Taf. XVI n. 1. Ebenda n. 536. Ein Steinsessel in cubischer Form, 24—25 Cm. hoch, 30 Cm. breit. Er ist an der auf der Erde ruhenden Seite etwa bis in die Mitte hin ausgehöhlt und hat auf den vier Seitenflächen je zwei übereinanderliegende vertiefte Rechtecke. Auf der einen Seite steht unterm obern Rande des Cubus die Inschrift: die darunter liegende Vertiefung hat erkennbar roh eingehauene Zeichen, eher Meisselspuren als Buchstaben, aber ziemlich tiefe. Vgl. n. 1ᶜ. Wir geben die Inschrift unter 1ᵃ nach einem Abklatsch von Dr. Schroeder 13, womit Brandis Copie 16 stimmt; unter 1ᵇ nach Hall Pl. I n. 2 (vgl. T. VII 6). Die Zeichen sind: τι . μο . τα . τι . πα . το : τι . μα . ο . πα . πι . α . — τι . μο . ο . ι . αι .

n. 2. Ebenda n. 539. Ist erst durch Hall Pl. I n. 3 veröffentlicht. Die Inschrift ist eine Art bilinguis. Auch im griechischen Theile hat der Steinmetz kyprische Charaktere untergemengt. Der griechische lautet:

Δριμώ . το . ῖ . ὀ(ν)δρί
ἐπρίατο . να (oder ζη)

τὸ durch F, να durch I ausgedrückt. Die kyprischen Zeichen linker Hand lauten von rechts nach links gelesen: Δι . ρι vielleicht s. v. a. Δριμώ wie Κέτιον = Κίτιον, 'Ηδάλιον = 'Ιδάλιον. Ueber der griechischen Inschrift fort nach rechts überragend in griechischer Schrift:

[Δ]ριμω — αρο . σι . δι ι δ

nur σι ist durch ⊢ gegeben.

n. 3. Ebenda, nicht numerirt, nach Hall Pl. VI 28; war schon von Joh. Doell T. XI 4 n. 768 zu p. 50 mitgetheilt. Von rechts nach links gelesen: — δι . να, vielleicht (Α)ϑη . νῶ

n. 4. Ebenda, nicht numerirt, nach Hall Pl. IV 19, dem die erste Mittheilung verdankt wird. Die Zeichen scheinen allerdings kyprisch zu sein.

Taf. XVII n. 1. Ebenda, nicht numerirt. Eine Kalksteinplatte, die eine Statuette trug, deren Füsse (siehe 1ᵇ) noch erhalten sind. Die Inschrift ist complet, Höhe 20 Cm., Breite 20 Cm. Wir geben dieselbe unter 1ᵃ nach einem Abklatsch des Dr. Schroeder n. 6, welcher mit Hall Pl. VI 24 (vgl. the Independent 26 August, biblical researches) genau stimmt; unter 1ᶜ nach guter Copie von Brandis n. 4. — Behandelt ist die Inschrift von Ahrens l. c. p. 86—88. Sie lautet:

Ἐγ).χω.το.σι:κα.τέ.σι.τα.σε:το.ῖ:
θι.α.ῖ:τα.πι.δε.κι.σι.ο.ι:
ῖ.τύ.χα.ι:ά.ζα.θα.ῖ:

Im Eigennamen ist Α sicher, daher Ahrens Lesung Ἔφεσδος falsch ist. Auch zu seinem Gotte Φιδεχισίῳ kann ich kein Vertrauen fassen.

n. 2. Ebenda, nicht numerirt. Hall Pl. II 10, aber schon durch Brandis n. 33 bekannt. Die Inschrift scheint von links nach rechts gelesen werden zu müssen, wenn anders als Ϝ ν ᵀ̄ ι̇ als δοθῆναι zu fassen ist. Es würden dann folgen die Charaktere: ι (oder κι) πο.ρο.να.τι.λο —

n. 3. Relieffragment aus Golgoi, Höhe 11 Cm., Breite 7 Cm., nach einem Abklatsch von Dr. Schroeder n. 9.

n. 4. Bruchstück aus Golgoi, Höhe 5 Cm., Breite 18 Cm., nach Abklatsch von Dr. Schroeder n. 15.

n. 5. Sind wir leider genöthigt, nach einer Copie von Birch n. 2 zu geben, da Schroeder nicht im Stande war, davon einen Abklatsch zu liefern. „upoḥ an alabaster vase from the temple of Venus" Birch.

Taf. XVIII n. 1ᵃ. Inschriftbruchstück nach einer Copie von Brandis. 1ᵇ. Dasselbe nach einer Abschrift von Birch n. 6.

n. 2. Fragment aus Kalkstein: über der Inschrift eine menschliche Figur, von der die Füsse erhalten sind, Höhe 9 Cm., Breite 30 Cm. Den zu Grunde gelegten Papierabklatsch schickte Dr. Schroeder n. 3. Da die Abschrift von Birch n. 11 keine Abweichungen enthält, haben wir uns ihrer Mittheilung überhoben; zu bemerken haben wir sonst nur, dass ν̇ nicht das Zeichen für δε θε oder τε (δη etc.) zu sein scheint, da von dem wagerechten Strich, auf dem sonst der Winkel ruht, absolut keine Spur vorhanden ist. Die Inschrift ist von Ahrens a. a. O. S. 85 behandelt. Sie lautet:

ε.τε.ι.|||.α.τα.—.—.
τα.νε.ι.χο.να.τα.—.νε.α.

worin Ϝεα ||| und τά(ν) εἰκόνα klar sind.

n. 3ᵇ. Ein sehr beschädigtes abgerundetes Fragment („Fragment of a pedestal" Birch n. 12), dessen Buchstaben zwar ziemlich gross, aber schwer lesbar sind; Länge 26 Cm., Höhe 12 Cm. Wir verdanken von der Inschrift Herrn Schroeder den zu Grunde gelegten Papierabdruck, und die 3ᵇ gegebene Zeichnung des Steins. 3ᶜ·ᵈ geben die Abschriften von R. Weil und Birch. Von rechts nach links gelesen erscheinen die Sylben:

δι.α.θα.μι. —.—.—

Taf. XIX n. 1. Eine nur von Birch mitgetheilte Inschrift, welche von Ahrens l. c. p. 83 behandelt ist. Er liest unter der Annahme, dass das auch auf der Bronce von Dali einmal vorkommende Zeichen ein ζω bedeute: ὁ.νέ.θη.κε.Ά.πο.λῶ.

νι.Ϝα.μά.λη.χο.σι.Ζω.τέ.α. Aber weder für λη noch mit grosser Wahrscheinlichkeit für χο spricht die Copie.

n. 2. Fragment of smale vase, Höhe 3 Cm., Breite 6 Cm. In Ermangelung eines Abklatsches geben wir sowohl die Copie von Schroeder n. 11 als von Birch n. 13.

n. 3. 4. 5 kann ich nur nach Birch Abschriften (19. 21. 24) geben. Ein Sinn ist diesen Trümmern nicht abzugewinnen, zumal das Zeichen V in n. 4 und O in n. 5 nicht richtig sein können.

n. 6 ebenfalls ein blosses Fragment lasen Birch 26 und Brandis etwas verschieden. Der Anfang scheint πα.ρο.δί.τα d. i. παροδίτα zu lesen.

n. 7. Diese Inschrift, welche Birch und Brandis als n. 25 haben, hat Is. Hall bis jetzt nicht wiederfinden können. Die Buchstaben sind leicht geneigt. Das Wort der vierten resp. fünften Zeile ist ersichtlich α.φο.ρο.δι.σι.ω = Ἀφροδισίω.

n. 8. Fragment von 6 Cm. Höhe, 5 Cm. Breite hat Birch abgeschrieben, Schroeder nach dem Stein, Brandis nach einem Gypsabguss copirt, ohne dass dadurch eine Sicherheit der Lesung erzielt wäre.

n. 9. Reliefbruchstück von 16 Cm. Höhe, 21 Cm. Breite. a) Schroeder n. 8. b) Birch 29.

Taf. XX 1. In diesem von Birch n. 27 abgeschriebenen Fragment ist nichts lesbar als die beiden Buchstaben .μο.νε..

n. 2. Weicht bei Brandis und Birch 30 stark ab. Während jener κε.νο.το zu erkennen glaubte, hat dieser νι.σι.τα in seiner Abschrift.

n. 3. Birch n. 31. Nur ein ά ist lesbar.

n. 4. Relieffragment nach einer Copie von Brandis: ο.πα.να.τι. Es scheint dies Stück identisch mit Doell n. 7&3 und Hall Pl. VI 27: πα.ο.τα.ο.μο.πα.τι.α (wenn wir von links nach rechts lesen).

n. 5. Nach Copie von Brandis; von rechts nach links: νι?να.δω.ρο.σι. Wohl ein Eigennamen auf -δωρος. Ob aber Νικόδωρος oder -νοδωρος?

n. 6. Mit dieser Nummer beginnen neuere Funde Cesnola's. Diese Inschrift wurde 1874 in Curium gefunden auf dem Piedestal einer Kalksteinstatue; Höhe 20 Cm., Breite 35 Cm., Länge 35 Cm. Zuerst sandte noch vor der Waschung des Steins Cesnola die unter 6ᵇ gegebene Abschrift in Originalgrösse der Buchstaben, wonach ich sie in den Monatsb. der Berl. Acad. mittheilte; 6ᶜ zeigt die Form des Steins selbst; 6ᵃ giebt Hall's Pl. VIII 32 verkleinerte Copie, vgl. auch the Independent of August 26ᵗʰ biblical research. Was sich lesen lässt, lautet nunmehr:

α.ρι.σι.τη.χο.—.—.πα (να?) το.σι.ρι.
ν.ι.υ.χα.σα.με.νο.σι.πε.ρι.πα.
ι.—.τω.ι.πε.ρι.σε.υ.τα.ι.ο.νε.θη.
κε.—.—.☉

Taf. XXI 1. Einzeilige Inschrift unter einem Relief von Golgoi (Athiénou), von welchem Hr. Cesnola eine Photographie schickte; Relief und Inschrift zeigt 1ᵃ. Unter 1ᵇ gebe ich die Inschrift in Originalgrösse der Buchstaben nach einer von Cesnola angefertigten und mit zugeschickten Copie. Vgl. Hall T. IV.

VIII, 1 und the Independent a. a. O. Die Lesung, noch vielfach fach unsicher, ergiebt vielleicht: *ἐγὼ ἐμὶ Ἀριστοκρέτης : κά μεν* (d. i. *με*) *ἔστασαν α* — *[κα]σίγνηται μεμναμένοι εὐεργασίας τᾶς ναι εὖ ποτε ε . νε . ρε . νο* Das vierte Zeichen ist wohl *μι*, nicht *ὐ*; denn ein *Εἰαριστοκρέτης* ist nicht denkbar. In *μεν* sehe ich den Accusativ des Pronom. pers.

2ᵃ·ᵇ. Alabastervase von Marion 9″ 2‴ hoch, 3″ untrer Durchmesser. Ich lese die Inschrift *Πα . φο . ι . γι . ε . υ . νο . νε . ι . τε* d. i. *Πάφῳ γε εὐνοεῖτε.*

3. Lampe en terre cuite. Die Inschrift copirte mir Cesnola in natürlicher Grösse. Vgl. Hall Pl. IV 17. Die Lesung ist *Φιλοτίμω.*

4. Hall Pl. VIII 33. Auf der Basis einer Statuette, männliche Figur mit abgebrochnem Haupte. Aus den Sylbenresten *νο* (?) *νυ . ο . λε . να . ε* oder *ε . να . λε . ο . νυ . νοι* weiss ich nichts zu machen.

5. Hall Pl. VIII 34. Auf der Base einer Statuette, weibliche Figur. Die Sylben von rechts nach links gelesen: *νε . λε . να . ρε . να* (*νο?*) *. το . ε .* geben keinen Sinn. Hall sagt: A character or two is probably wanting at each of the inscription.

Jena, den 11. April 1876.

6. 7. 8. Hall VIII 35. 36. 37 inscriptions on the bottom of lamps.

9. Scarabée en jaspe rouge; die Copie in natürlicher Grösse der Buchstaben hatte Cesnola selbst die Güte mir zu schicken.

o . ρο . νο . ρα . να

να? κυ?

10. Inschrift on the gold armlets found at Kurium. Herr D. Pierides schickte davon zwei insofern abweichende Copien, als die eine von rechts nach links, die andre von links nach rechts lief. Seiner letzten Mittheilung zu Folge läuft die Schrift von links nach rechts. Zu lesen ist *Ἐ . τε . να . δο . ρω : τῶ . Πα . φω . βα . σι . λε . νο . σε*; d. i. *Ἐτεάνδρω τῶ Πάφω βασιλέος.* Ich habe im dritten Nachtrag zur Jen. Lit.-Z. 1874 Art. 85 gezeigt, dass derselbe König gemeint ist, den die assyrischen Inschriften (siehe G. Smith Asurb. 31, 9) Ithuander sar Paappa nennen. — Die Schliemann'schen Inschriften von Hissarlik (vgl. Burnouf archeol. Flor. 1874 II 128, the academy 1874 June 6, S. 636 ff.) habe ich beigegeben, damit man sich durch den Augenschein überzeuge, wie wenig Grund vorliegt, dieselben für kyprisch zu erklären.

Moriz Schmidt.

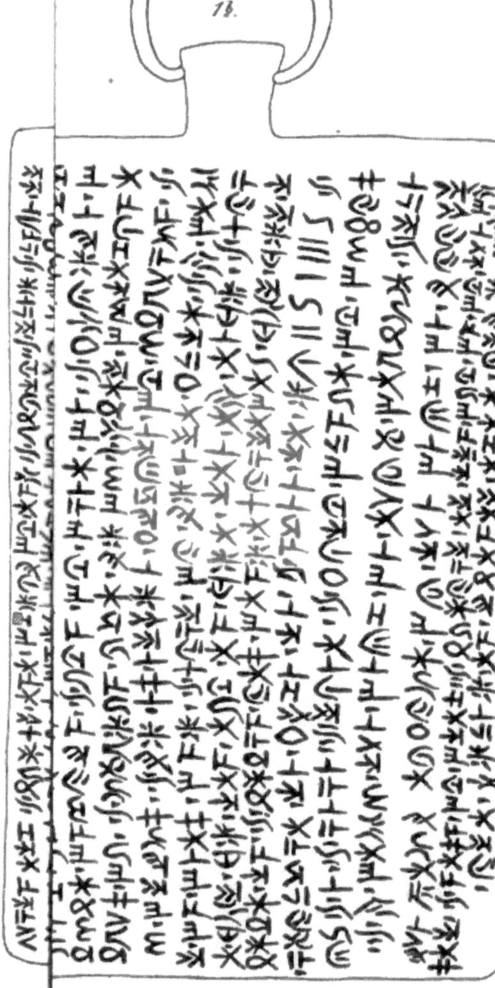

1b.

Taf. II.

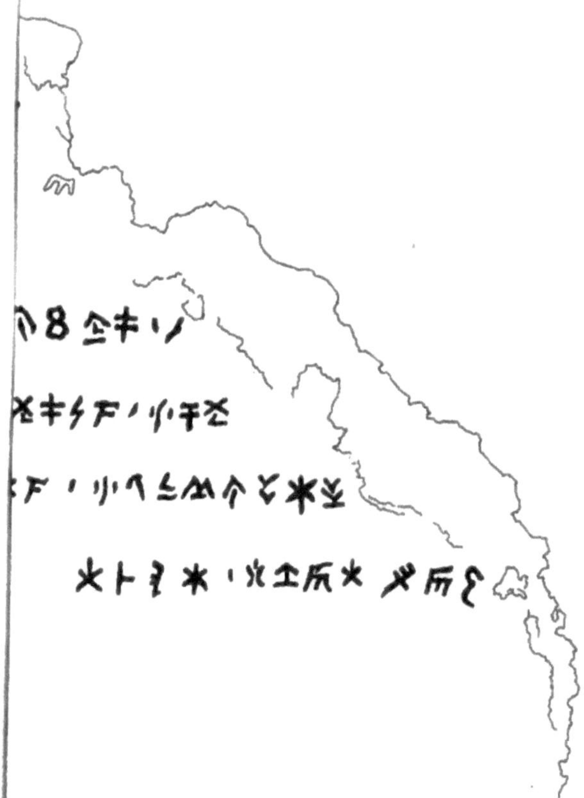

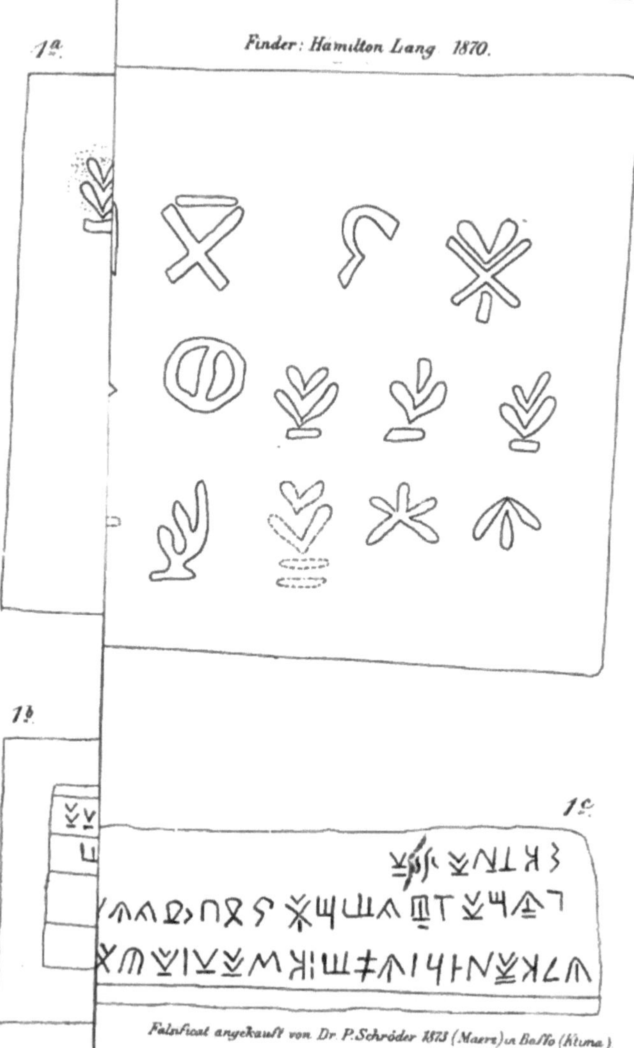

1ª.
Finder: Hamilton Lang 1870.
1ᵇ.
1ᶜ.
Falsificat angekauft von Dr. P. Schröder 1873 (Maerz) in Baſſo (Kiuna).

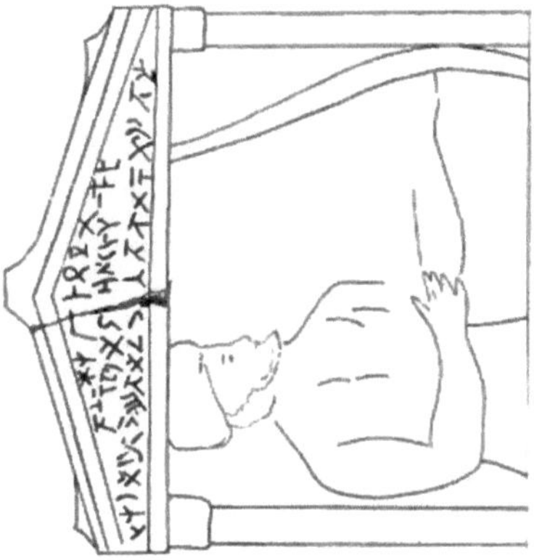

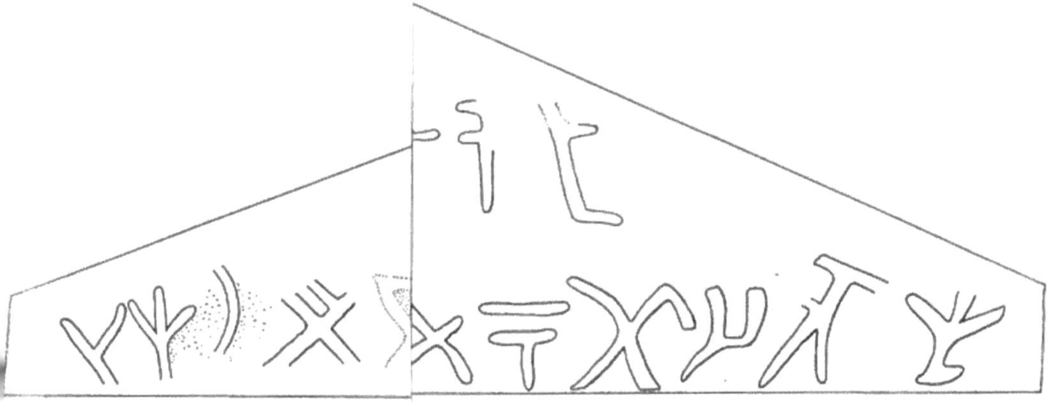

Inschrift des british museum (paper cast).

1a.

gefunden von Hamilton Lang, 1870.

1b.

Copie von Dr. Jo. Brandis

1c.

Copie von Dr. Cappeller.

ἐπὶ σαρκοφαγου

1d.

Πανδωρα. Athen 1869. Bd. XX. N⁰. 413. December.

1ª.   *gefunden in Drimou von H. Lang.*

in three pieces.

1ᵇ.

Falsificat gekauft von Dr. Schröder, März 1873 in Baffo (Klima) Neopaphos.

1ᶜ.   ἐπὶ σαρκοφάγου.

Πανδώρα. Athen 1869, Bd. XX. Nº 473, December.

2ª.   *Copie von Dr P. Schroeder.*   *Copie von Hamilton Lang.*   2ᵇ.

Altar, oben Vertiefung: Höhe 65 ᶜᵐ Breite 69 ᶜᵐ Dicke 40 ᶜᵐ.

gefunden von Mr. Lang April 1873. zu Pyla, 2 St. nö. von Larnaka, jetzt auf Lang's Tschiftlik zu Pyla.

Buchstaben roth gefärbt, aber verwittert: Abklatsch deshalb unmöglich.

Jdalion.   1.   *Lang.*

Jdalion.   *Drimou*   3.   *Lang.*

in zwei Stücken

2.

4.

On handle of a jar discovered by
Mr. Pierides at Citium, stamped:

5ª.

Jm Museum der Jrenenkirche (im alten Serailhof) zu Constantinopel.

Copie des Dr. Mordtmann.

5ᵇ.

ἐπὶ πλακός.

Pandora 1869 Bd. XX. Nº 473, 3. December.

Jm Museum der Jrenenkirche (alter Serailhof) zu Constantinopel.

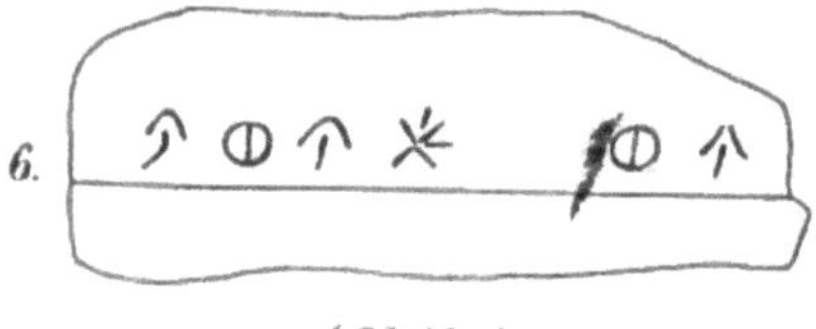

6.

(Schröder.)

Jnschrift von Tochni am Vasiliko potamo zwischen
Kition und Amathus, entdeckt im März 1873 von
Dr. P. Schröder

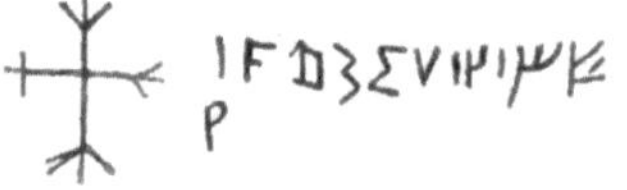

7.

Buchstaben roth gefärbt.

25.

Dr. Pierides (paper_cast).

os.   *4.*   *Vogüé.*

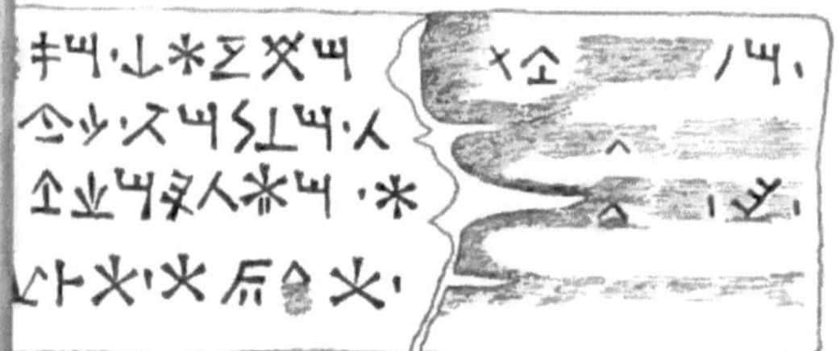

5.   *Vogüé.*

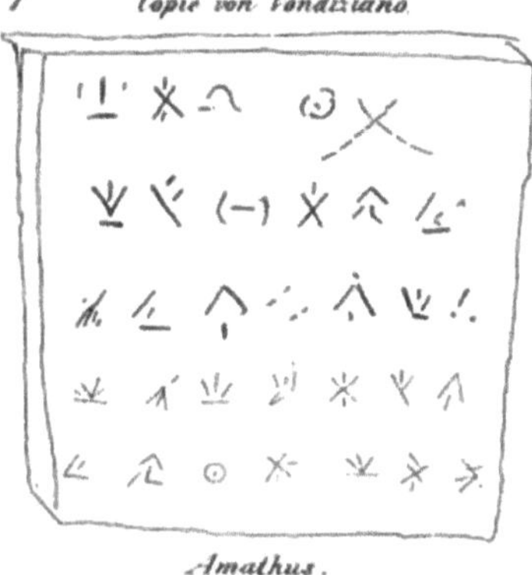

1. *Copie von Vondiziano.*

Amathus.

1ᵇ.

Amathus.

2. *Copie von Vondiziano.*

Amathus.

2ᵇ.

Amathus.

3.

Journal asiatique sis sér. T. XI. Par. 1868. Pl. II. n. XII.
(Zotenberg)

Scarabaeus Cyrenaicus.

6.

(Luynes).

5.

Vogüé Pl. II. 9.

4.

Kircher Prodromus Coptus
tab. Isiac (Turin).

9.

KADVΞ𝈨ΛΙ

Golgoi (Athiénou).

Pyla. 7. *Copie des Dr Pierides.*

zu Taf VI. 2. a. b. Nachtrag

Torremuzza. Sicil. Panorm. 1784. ed. 2.

8.

Stein aus Cyrenaica.

1

Hamilton Long, coins discovered in Cyprus n. 23, 7.
highest weight Gra 178

3   *Hall Pl. V. 22.*

Sammlung Cesnola n. 238.

4ª.   *Hall Pl. VII. 29*

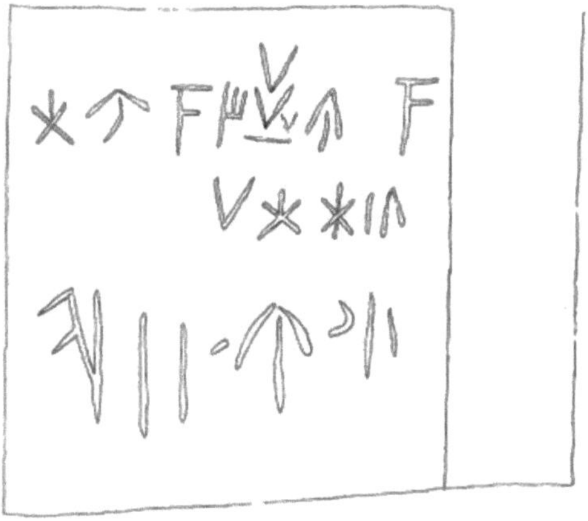

Sammlung Cesnola n. 240. (Schröder n. 7.)

2ª.

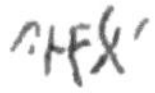

Cesnola n. 237.

2ᵇ.

Brandis n. 38.

4ᶜ.   *Brandis.*

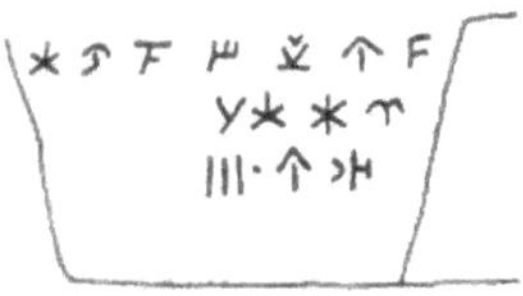

4ᵇ.   *Birch 8.*

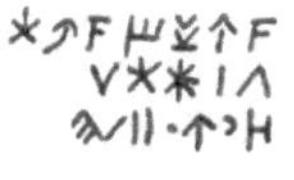

3ͨ.

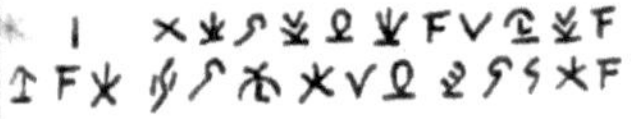

Birch n 3.

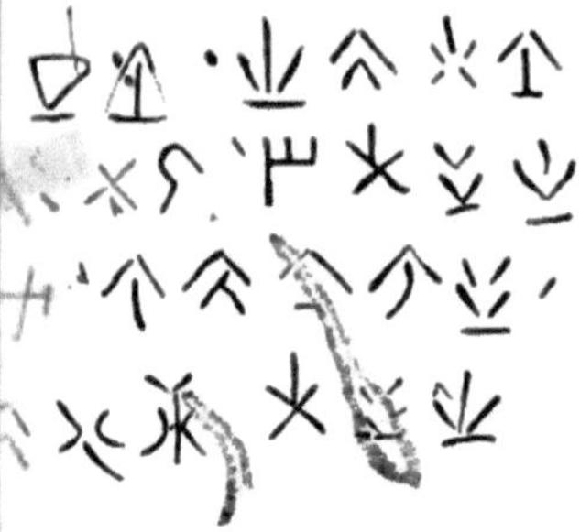

3ᵇ.

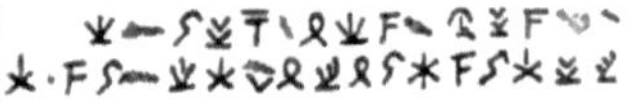

Doell.

Brandis.

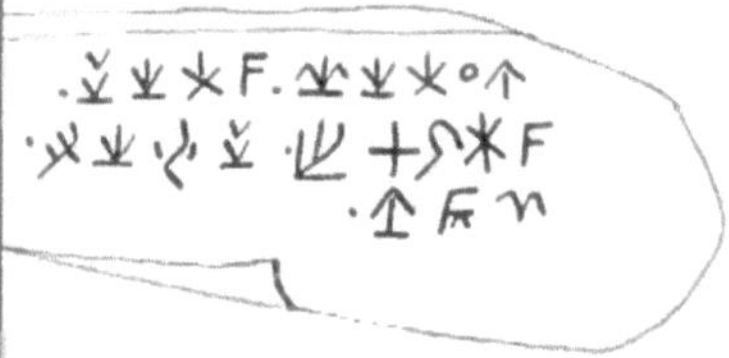

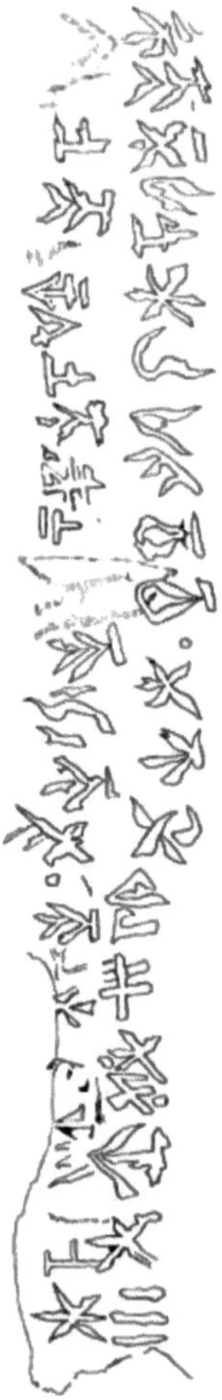

Hall Pl. I n. 1

Cesnola n. 247.

3ᵃ.

Sammlung Cesnola 252 (Schröder n. 5)

1ᵃ.

1ᵈ.

Doell.

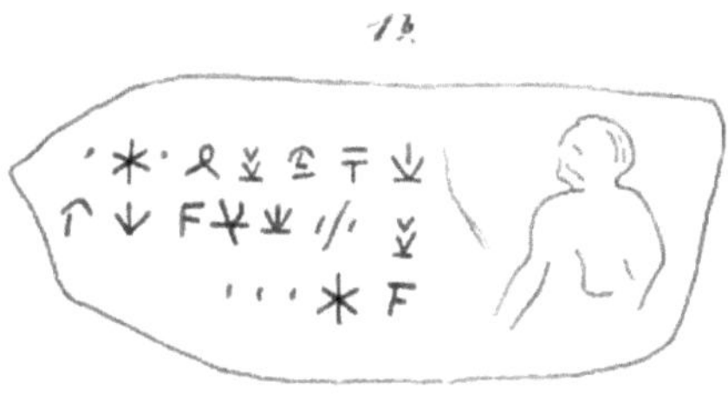

Hall Pl. VI. 23

1ᶜ.

Birch.

1ᵇ.

Brandis

3ᵃ.   Hall IV. 18

Cesnola n. 257

3ᵇ.

Birch n. 20.

2ᵇ.

Brandis 37.

4ᵃ.

Cesnola n. 258.

2ᵃ.

Hall Pl. II. 6.

5.   Hall Pl. II. n. 5.

Cesnola n. 260.

Doell. p. 52. n. 780.

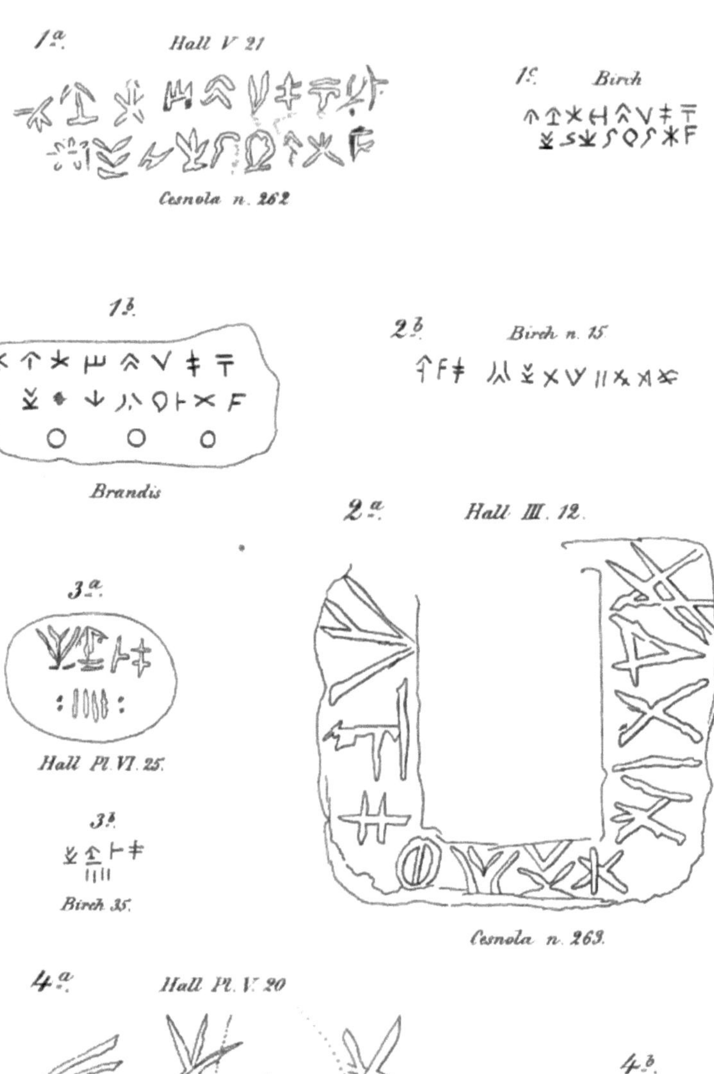

1ᵃ. *Hall V 21*

Cesnola n. 262

1ᶜ. *Birch*

1ᵇ.

Brandis

2ᵇ. *Birch n. 15*

2ᵃ. *Hall III. 12.*

Cesnola n. 263.

3ᵃ.

Hall Pl. VI. 25.

3ᵇ.

Birch 35.

4ᵃ. *Hall Pl. V 20*

Cesnola n. 268.

4ᵇ.

Birch 10.

1ª.

Hall III. 11.

Cesnola n. 271.

1ᵈ.

Birch n 14.

1ᵇ.

Doell XI. Y n Y75 p. 51.

1ᶜ.

R. Weil.

2ᶜ.

Brandis.

1ᵉ.

Brandis 14.

2ª.

Hall Pl. IV. 15.

Cesnola n. 279.

Hall Pl. II. 8

3ª.

Cesnola n. 321

links

Mitte.

rechts

Auf einem kleinen Piedestal von Marmor.

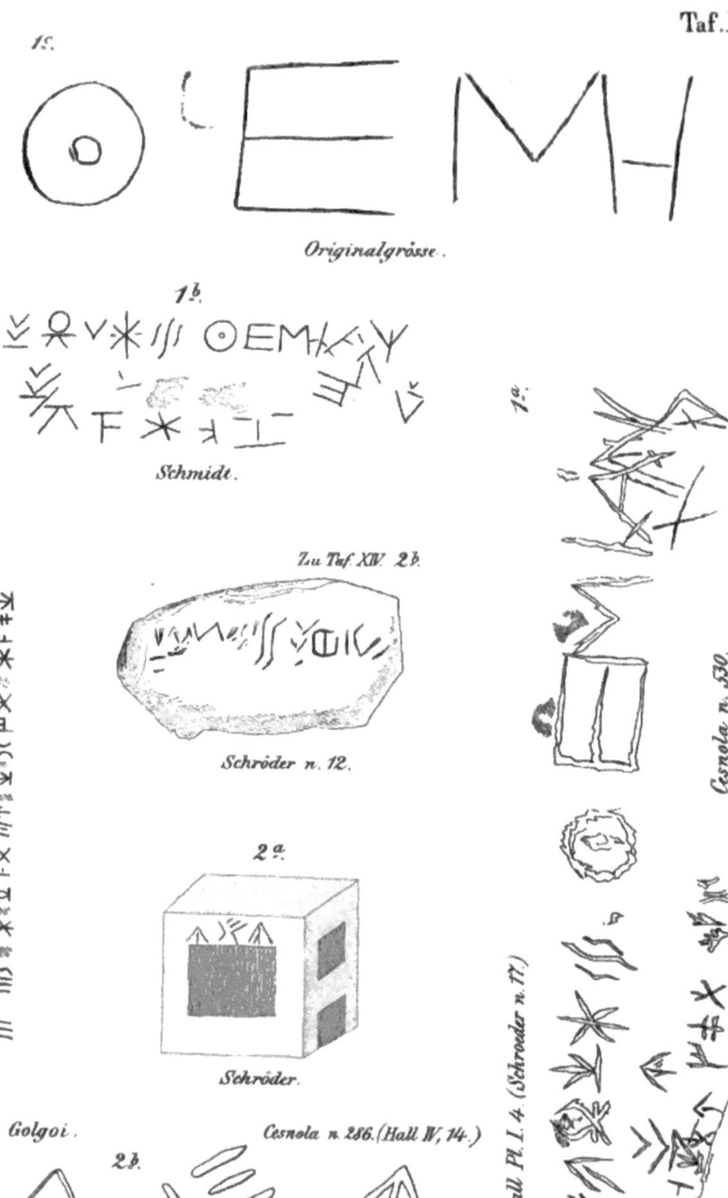

1c.
Originalgrösse.
1b.
Schmidt.
1a.
Cesnola n. 530.
Zu Taf. XIV. 3b.
Zu Taf. XIV. 2b.
Birch. 23.
Schröder n. 12.
2a.
Schröder.
Golgoi.
Cesnola n. 286. (Hall IV, 14.)
2b.
Schroeder.
Hall Pl. I. 4. (Schroeder n. 17.)

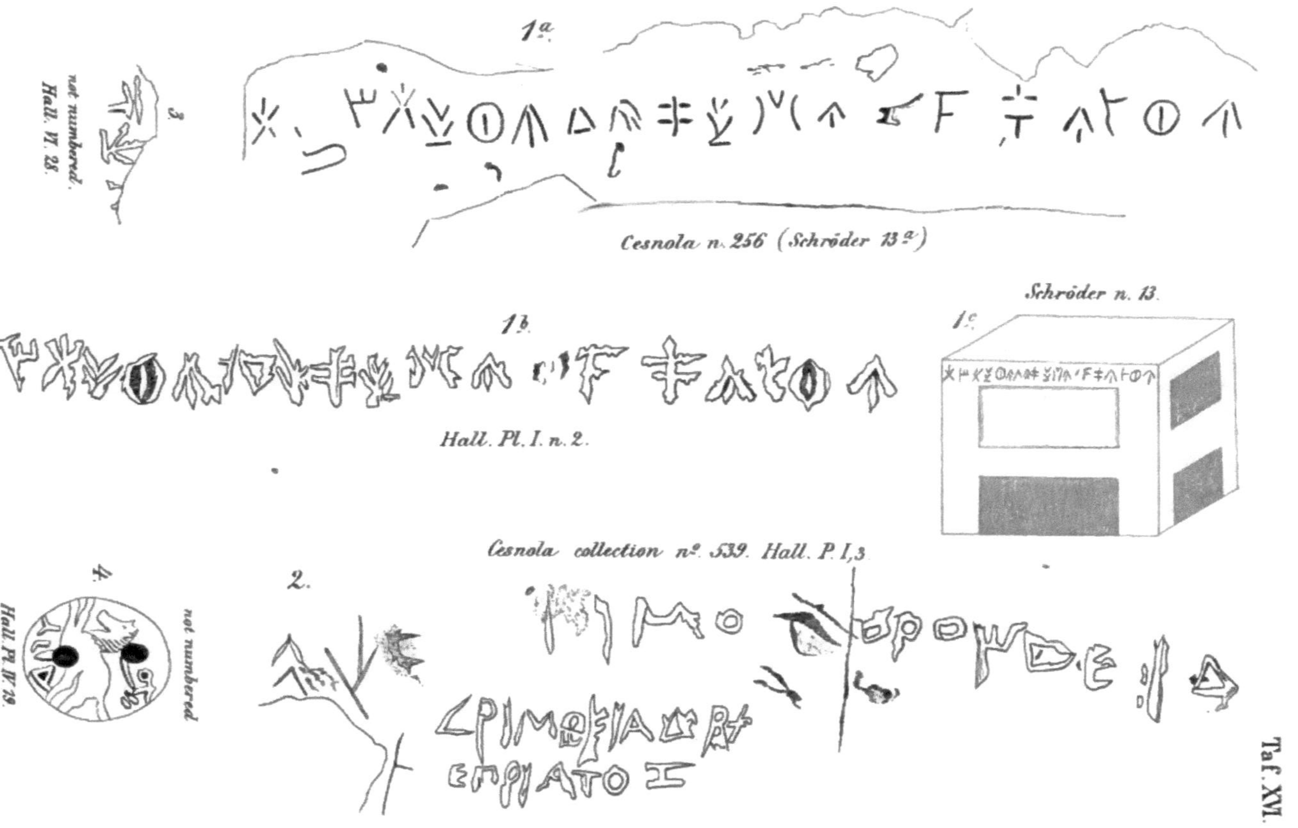

1ᵃ.
Cesnola n. 256 (Schröder 13ᵃ)
1ᵇ.
Hall. Pl. I. n. 2.
1ᶜ.
Schröder n. 13.
Cesnola collection nº 539. Hall. P. I, 3
2.
3.
not numbered.
Hall. VI. 28.
4.
not numbered
Hall. Pl. IV. 29.

1ᵃ. *Schröder n 6.*

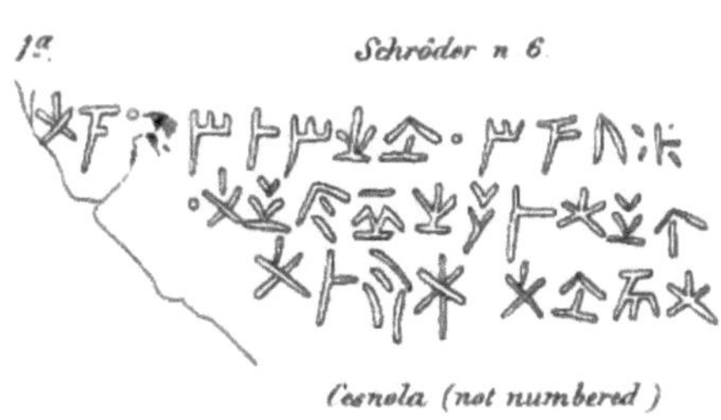

Cesnola (not numbered)

1ᵇ.

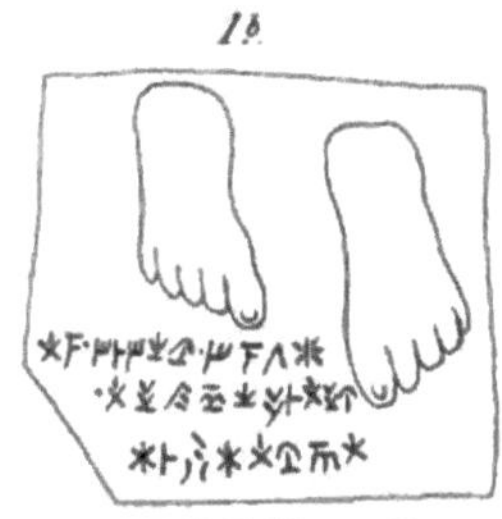

Hall Pl. VI, 24 (Top)
not numbered in the collection.

1ᶜ. *Brandis n 4.*

2ᵃ. *Cesnola (not numbered) Hall Pl. II. 10*

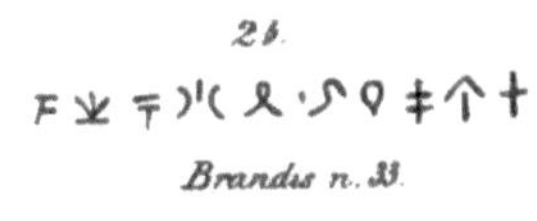

2ᵇ.

Brandis n. 33.

5. *upon an alabaster vase from the temple of Venus.*

(Birch 2.)

Golgoi.

Cesnola. (Schröder n. 15.)

Cesnola. (Schröder n. 9.)

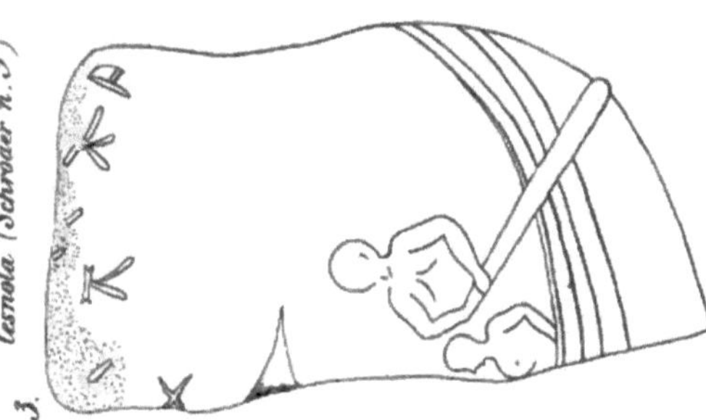

4.

3.

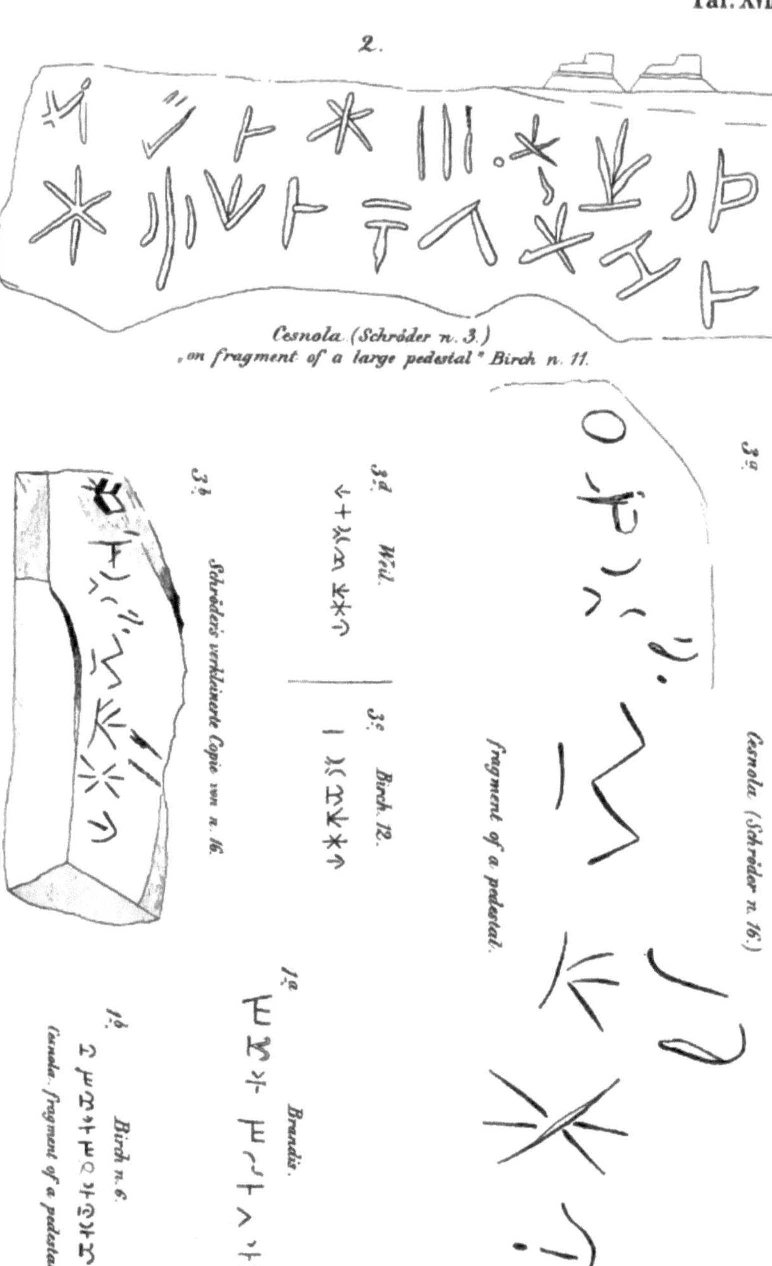

2.

Cesnola (Schröder n. 3.)
„on fragment of a large pedestal" Birch n. 11.

3.a
Cesnola (Schröder n. 16.)
fragment of a pedestal.

3.d Weil.

3.c Birch 12.

3.b Schröder's verkleinerte Copie von n. 16.

1.a Brandis.

1.b Birch n. 6.
Cesnola, fragment of a pedestal.

1.

Cesnola. Birch. n. 18.

2ª.

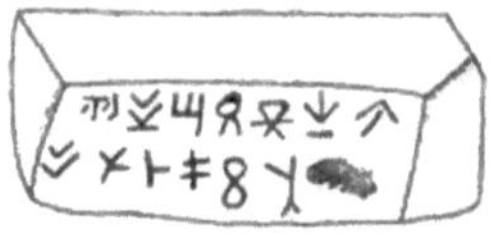

Cesnola. Schröder n. 11.

3.

Birch 19.

2ᵇ.

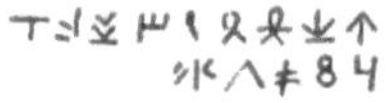

Birch n. 13.

4.

Birch 21 (on an alabastros vase.)

5.

Birch 24 (on fragment of pedestal.)

6ᵇ.

6ª.

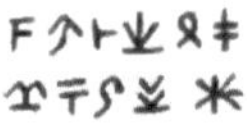

Brandis 26 (on fragment of basrelief.) Birch.

8ª.

Cesnola. Brandis nach Gypsabguss.

7ª.

Brandis 25.

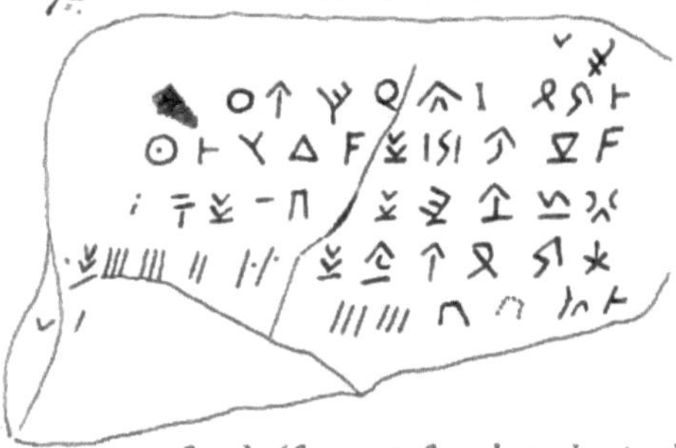

8ᵇ.

Schröder 10.

Cesnola (fragment of quadrangular stone.)

8ᶜ.

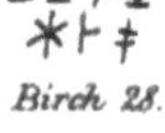

Birch 28.

9ᵇ.

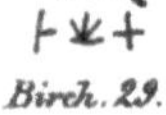

Birch. 29.

7ᵇ.

Birch. 25.

9ª.

Schröder 8.

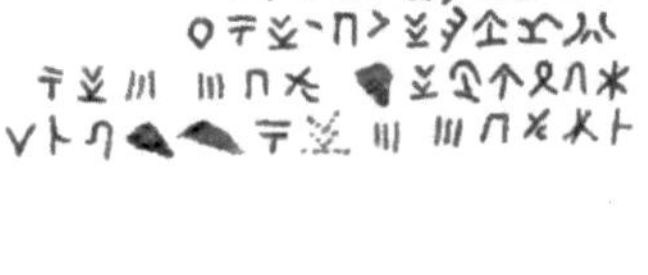

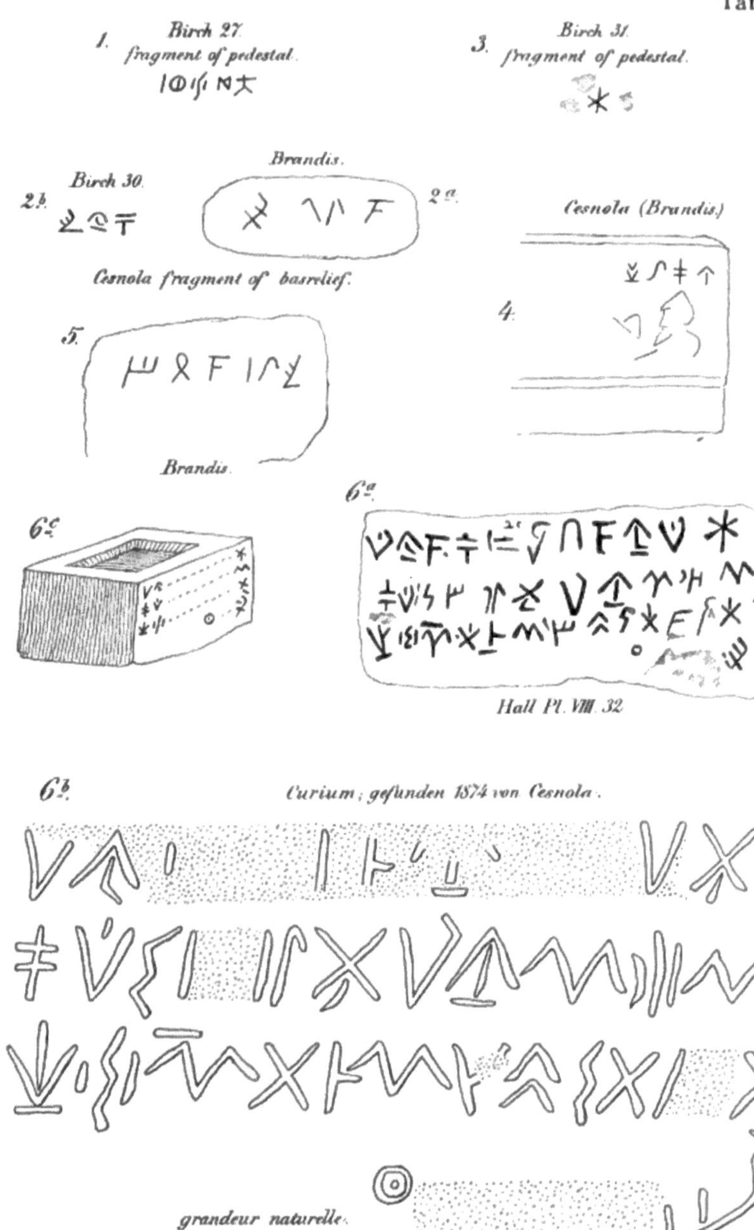

1.
Birch 27.
fragment of pedestal.

3.
Birch 31.
fragment of pedestal.

2ᵇ.
Birch 30.

Brandis.

2ᵃ.

Cesnola (Brandis.)

4.

Cesnola fragment of basrelief.

5.

Brandis.

6ᶜ.

6ᵃ.

Hall Pl. VIII. 32.

6ᵇ.
Curium; gefunden 1874 von Cesnola.

grandeur naturelle.

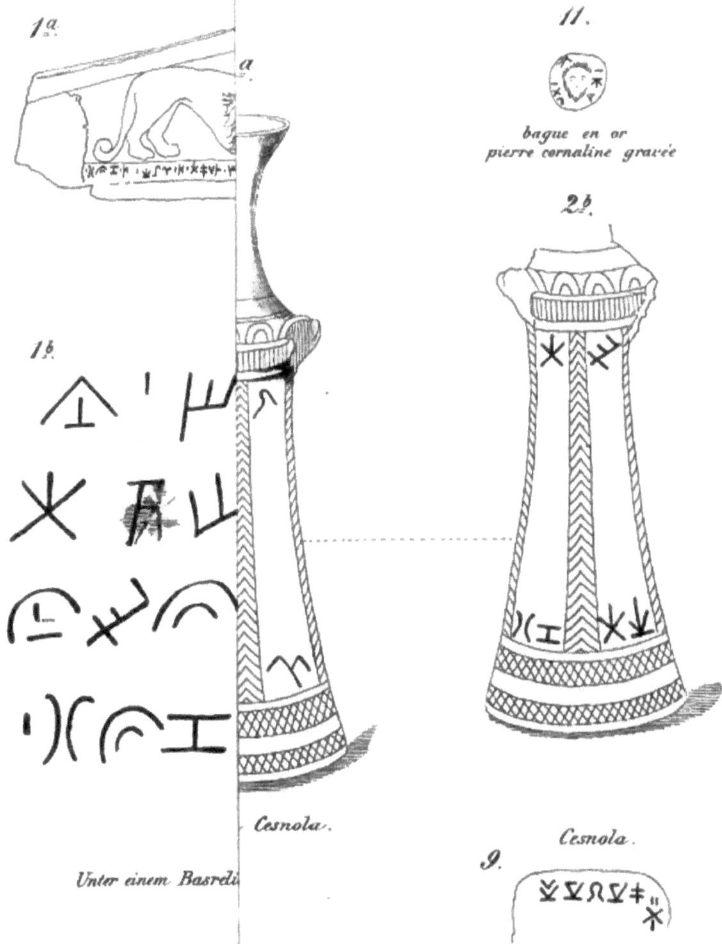

1ᵃ.

1ᵇ.

Cesnola.

Unter einem Basreli

Cesnola (Hall, Pl. IV. 17.)

3.

grandeur naturelle.

11.

bague en or
pierre cornaline gravée

2ᵇ.

Cesnola.

9.

scarabée en jaspe rouge.

10.

on the gold armlets found at Kurion

Verlag v. Hermann Dufft in Jena.

Lith. sämmtl. Taf. v. G.C.Müller, Jena.

T. 190. n. 3474.   T. XIX. n. 555.   T. XIII. 432. T. VI. 208.

T. CLXVIII. 3273. 3278.   T. XI. n° 356.

Das Syllabar.

Κύπρος πόλις μεγάλη· δῆμοι τὴν γλῶτταν ἀκριβῶς Ἕλληνες.

Himerius ecl. 18,1.

	α	ε η	ι	ω	υ
Ϝ					
j					
βπφ					
γκχ					
δτϑ					
λ					
μ					
ν					
ϱ					
ζ					
σ					
ϋ					
Vocale.